Petra Schier

Suche Weihnachtsmann – biete Hund

Petra Schier

Suche Weihnachtsmann
–
biete Hund

rütten & loening

ISBN 978-3-352-00777-4

Rütten & Loening ist eine Marke der Aufbau Verlag GmbH & Co. KG

1. Auflage 2009

Einbandgestaltung Mediabureau Di Stefano, Berlin
Druck und Binden CPI Moravia Books, Pohořelice
Printed in Czech Republic

www.aufbau-verlag.de

Prolog

»Autsch! Verflixt noch eins.« Der weißbärtige Mann rieb sich den Hinterkopf, der soeben schmerzhafte Bekanntschaft mit der Schreibtischkante gemacht hatte. Umständlich stand er auf und klopfte sich ein paar Papierschnipsel von seinem Arbeitsoverall, die vom Verpackungsmaterial seines neuen Computers übriggeblieben waren. Den größten Teil des Abfalls hatte seine Frau bereits entsorgt, doch solange er hier noch herumwerkelte, wollte sie ihn nicht auch noch mit dem Staubsauger stören. »Jetzt müsste es doch eigentlich funktionieren«, murmelte er vor sich hin und schaltete das Gerät ein. Als er ein Geräusch an der Tür vernahm, hob er den Kopf und lächelte dann erfreut. »Ah, du bist es, Elf-Eins. Wie sieht es aus, sind die Verpackungsmaschinen repariert?«

»Aber ja, Santa, alles fertig.« Der kleine Kerl an der Tür nickte so heftig, dass seine spitze Mütze wackelte. »Ich wollte fragen, ob die Server-Verbindung zur Fabrik jetzt endlich steht. Du weißt, es ist schon November, und wir haben nicht mehr viel Zeit.«

»Ich bin gerade dabei, den neuen Computer einzurichten«, antwortete Santa Claus – auch als Weihnachtsmann bekannt – und rieb sich erneut den schmerzenden Kopf. »Eine ziemlich knifflige Angelegenheit. Vielleicht hätte ich doch Elf-Dreizehn bitten sollen, mir dabei zu helfen. Aber er ist schon so damit beschäftigt, die Inspektion an meinem Schlitten durchzuführen, dass ich ihm diese Arbeit nicht auch noch aufhalsen wollte.« Er lächelte breit. »Ich glaube, ich habe es trotzdem geschafft, Elf-Eins. Du kannst also drüben in der Geschenkfabrik Bescheid geben, dass sie die Maschinen einschalten sollen.«

Elf-Eins, der dienstälteste Elf und Oberaufsicht über die Geschenkfabrik des Weihnachtsmannes, lächelte erfreut zurück. »Alles klar, bin schon unterwegs!«

Santa Claus blickte dem quirligen Elf-Eins amüsiert hinterher, dann warf er einen Blick auf den Bildschirm und nickte zufrieden. »Na bitte, das Programm läuft«, brummelte er vor sich hin. Er richtete ein neues Passwort ein und probierte dann ein paar der neuen Funktionen aus, die Elf-Dreizehn speziell für ihn programmiert hatte. Alles funktionierte vorschriftsmäßig, und mit dem größeren Arbeitsspeicher in dem neuen Computer lief das Programm auch viel schneller.

Die Gegensprechanlage neben ihm knackte. »Santa?«, hörte er die Stimme von Elf-Sieben, seinem Geschenkmaschinen-Ingenieur. »Wir sind jetzt soweit, die Maschinen laufen.«

»Na, dann mal los«, antwortete Santa, fuhr mit dem Mauszeiger über den Bildschirm und klickte den Button an, mit dem die Serververbindung aufgebaut werden sollte.

Im nächsten Moment summte es laut, und das Licht fiel aus.

1. Kapitel

»So, das wäre erledigt.« Mit einem zufriedenen Grinsen klickte Christine auf den Senden-Button des Online-Formulars, dann stieß sie sich von der Tischkante ab und drehte sich mit dem Schreibtischstuhl, auf dem sie saß, einmal um sich selbst.

Ihre um anderthalb Jahre ältere Schwester Julia hingegen kauerte mit eher kläglicher Miene auf dem Küchenstuhl, den sie sich an den Schreibtisch herangezogen hatte. Sie konnte Christines Begeisterung nicht so recht teilen. »Glaubst du wirklich, diese Anzeige ist eine gute Idee?«

»Aber sicher doch!« Christine grinste noch immer, rollte jedoch ein Stück auf Julia zu und umfasste ihre Hände. »Mensch, wir haben das doch lang und breit besprochen. Du brauchst dringend einen Mann. Und damit du dir diesmal jemanden aussuchen kannst, der wirklich zu dir passt, versuchst du es eben mit dieser Partnerbörse. So richtig altmodisch mit Briefen, beigefügten Fotos und und und. Da kannst du dann ganz entspannt vom Küchentisch aus wählen, wer dir zusagt. Und glaub mir, die Art, wie ein Mann einen Brief schreibt, sagt eine ganze Menge über ihn aus. Wenn ich nur an Olivers Liebesbriefe denke …« Sie verdrehte schwärmerisch die Augen.

Nun musste auch Julia lächeln. »Das ist ja auch was anderes. Oliver ist ein ebenso guter Werbetexter wie du. Natürlich wusste er genau, mit welchen Worten er sich bei dir anpreisen musste.«

»Na und?« Christine kniff Julia leicht in den Oberarm. »Immerhin hat er mich auf diese Weise vor den Traualtar gebracht.« Sie drehte sich zum Bildschirm ihres Computers um und wies auf die Versandbestätigung des Online-Anzeigenformulars. »Und diese Anzeige wird dich ebenfalls mit deinem Traummann bekanntmachen. Das habe ich im Gefühl.«

Julias Miene verzog sich wieder skeptisch. »Ich weiß nicht. Mit solch einem Blödsinn?« Sie griff in das Ablagefach des Druckers und zog die Kopie des Anzeigentextes hervor, an dem Christine zuvor über eine Stunde gefeilt hatte. »Gesucht«, las sie vor. »Vorzeigbaren Weihnachtsmann – vorzeigbaren?« Sie schüttelte den Kopf.

Christine lachte. »Du willst doch keinen Quasimodo, oder?«

»... vorzeigbaren Weihnachtsmann zwischen fünfundzwanzig und vierzig, Nichtraucher, der meine Leidenschaft für fröhliche Familienfeste nicht nur teilt, sondern selbige mit seiner Anwesenheit auch dauerhaft bereichert. Wenn du bereit bist, zukünftig jedes Weihnachtsfest mit mir, 28/175 cm/blond/schlank/selbständig, zu verbringen und auch die Zeit dazwischen mit Zweisamkeit zu füllen, so melde dich bitte mit Foto unter Chiffre ...« Julia ließ den Ausdruck sinken. »Ist das nicht ein bisschen dick aufgetragen?«

»Auf gar keinen Fall«, widersprach Christine energisch. »Du suchst doch einen Mann fürs Leben und keinen windigen Schlawiner. Und das machen wir mit diesem Text ganz deutlich klar.«

»Aber einen Weihnachtsmann?«

»Mensch, Julia, in knapp acht Wochen ist Weihnachten. Und dass du Phantasie hast, wollen wir doch auch durchblicken lassen, oder nicht?« Christine zwinkerte vergnügt. »Nun komm schon, mach ein anderes Gesicht! Du wirst sehen, wenn die Anzeige am Montag erscheint, wirst du dich vor Zuschriften gar nicht retten können.«

Julia zuckte mit den Schultern. »Wie du meinst. Zumindest wird es eine interessante ...« Sie zuckte zusammen, als plötzlich das Licht ausfiel und der Computerbildschirm schwarz wurde. »Was ist denn jetzt los?« Alarmiert sprang sie auf. Doch im nächsten Augenblick flammte die Lampe an der Zimmerdecke schon wieder auf, und der Drucker gab ein Piepsen und dann einen Summton von sich.

Christine betätigte rasch den Schalter am Computer und ließ ihn erneut hochfahren. »Nur ein kurzer Stromausfall«, meinte sie und wartete geduldig, bis das System wiederhergestellt war. »Ich hoffe, das war eine einmalige Sache. Ich muss nämlich gleich noch arbeiten.« Sie stieß Julia scherzhaft an. »Und du gehst jetzt nach Hause und schaust in deine Mailbox, ob die Zeitung dir schon die Chiffre-Nummer zugemailt hat!«

Julia nickte und trug ihren Stuhl zurück in die Küche. »Wir sehen uns«, rief sie ihrer Schwester aus dem Flur zu, doch diese schien bereits in ihre Arbeit vertieft zu sein, da sie statt einer Antwort nur etwas Unverständliches brummelte. Achselzuckend verließ Julia das Haus und ging die wenigen Schritte durch den Vorgarten des Neubaus hinüber zu ihrem eigenen Haus. Ein kalter Wind pfiff durch die Straßen der Kleinstadt und wirbelte Unmengen von

Blättern des knorrigen Ahorns um die Mauern des frisch renovierten Altbaus, der bis vor zwei Jahren noch Julias und Christines Eltern gehört hatte. Diese hatten sich jedoch entschieden, in eine kleinere, jedoch nicht weniger gemütliche Eigentumswohnung im Zentrum zu ziehen. Da Christine und Oliver nach ihrer Heirat bereits den Bauantrag für ihr neues Eigenheim gestellt hatten, waren sie übereingekommen, Julia das Elternhaus zu überlassen. Sie teilte es sich mit ihrem Bruder Timo, der jedoch momentan auf einer Studienreise nach Südamerika war und sie auch sonst nur selten mit seiner Anwesenheit beehrte.

Julia ging um das Haus herum und betrat es durch die Hintertür. Sofort schossen Minka und Nelli, ihre beiden grau getigerten Katzen, auf sie zu und maunzten anklagend. Sie knipste das Licht an und warf den Computerausdruck ihrer Kontaktanzeige auf den Küchentisch. »Ist ja schon gut, Mädels«, sagte sie. »Ich wollte euch nicht im Dunklen sitzen lassen. Der Strom ist ausgefallen, und dabei ist offenbar die Glühbirne im Flur kaputtgegangen.« Sie schraubte die Birne, die den Protest ihrer Katzen ausgelöst hatte, aus der Fassung und warf sie in den Müll. »Ich muss morgen eine neue mitbringen«, erklärte sie ihren beiden Mitbewohnern. »Aber jetzt schaue ich erst mal, ob die E-Mail mit der Chiffre-Nummer schon da ist. Wie ich Christine kenne, ruft sie garantiert nachher an und fragt danach.«

»Bist du sicher, dass die Anzeige angekommen ist?« Stirnrunzelnd blickte Daniel auf den Bildschirm seines Computers, auf dem sich nach dem Neustart das System wiederherstellte. Der kurze Stromausfall hatte die Verbindung unterbrochen, just, nachdem er auf »Senden« geklickt hatte.

Sein Freund Peter schob ihn zur Seite und übernahm die Maus. »Das werden wir gleich sehen. Wenn das Formular korrekt übermittelt wurde, müsstest du jetzt eine E-Mail mit der Chiffre-Nummer in deiner Mailbox haben.« Er öffnete das E-Mail-Programm und lud die neuesten Mails herunter. »Bitte sehr, da ist sie.« Nach einem Doppelklick füllte nun die automatisch erstellte Antwort des Zeitungsverlags den Bildschirm. Peter druckte die Seite aus und hielt sie Daniel triumphierend unter die Nase. »Wenn du damit keine vernünftige Frau findest, sind Hopfen und Malz verloren.«

Kopfschüttelnd nahm Daniel ihm das Blatt aus der Hand. »Du vergisst, dass ich im Grunde gar keine Frau suche. Es war deine Idee, diesen Schwachsinn in die Zeitung zu setzen.«

»Kein Schwachsinn«, widersprach Peter. »Sondern eine absolut nötige Maßnahme, um dich aus deinem Jammertal zu befreien. Tina und du, ihr seid jetzt seit fast einem Jahr geschieden. Sie ist weg, jettet mit diesem – wie hieß er noch mal? – um die Welt, während du dich hier einigelst und an Einsamkeit eingehst. Auch Carmen hat gesagt, dass sie das nicht mehr länger mit ansehen kann. Und deshalb wirst du die Antworten auf die Anzeige hübsch alle lesen und dir ein nettes Mädel heraussuchen. Basta.«

»Basta?« Daniel tippte sich leicht an die Stirn. »Als ob auf diesen Quatsch hier auch nur eine Frau antworten würde, die noch ihren Verstand beisammenhat.« Er hob leicht die Stimme. »Biete Hund samt Herrchen für gemeinsamen Lebensweg«, las er vor. Er sah Peter strafend an. »Ich besitze überhaupt keinen Hund.«

»Noch nicht, mein Freund, noch nicht«, antwortete dieser jedoch nur grinsend.

Daniel stieß ihm den Ellenbogen in die Seite und fuhr fort: »Wenn du bereit bist, mit mir, 33/188 cm/sportlich/familientauglich/vorzeigbar ...« Er hielt inne. »Vorzeigbar? Ich dachte, das hätten wir gestrichen!«

»Warum, du bist doch vorzeigbar.« Peter hob beschwichtigend die Hände. »Damit sagst du doch nur, dass du nicht aussiehst wie Quasimodo.«

»Ha ha.« Daniel blickte wieder auf den Ausdruck. »... bereit bist, mit mir die Wanderung durch die Berge und Täler des Lebens gemeinsam anzutreten, keine Scheu vor einer großen, herzlichen Familie hast ...« Wieder hielt er inne. »Chaotische Mischpoke hättest du schreiben müssen.« Er las weiter: »... und außerdem Tiere liebst, Nichtraucherin und im Alter zwischen 25 und 35 bist, könntest du genau die Richtige für mich sein. Antworte bitte mit Foto unter Chiffre ...« Daniel ließ das Blatt auf den Tisch segeln. »Du kannst es drehen und wenden, wie du willst, das ist der größte Humbug, den du je von dir gegeben hast.«

Peter schüttelte den Kopf. »O nein, Kumpel. Das ist es ganz und gar nicht. Die Sache mit dem gemeinsamen Wandern durchs Leben ist romantisch.«

»Kitschig.«

»Romantisch«, beharrte Peter. »Und das mögen Frauen. Und die Sache mit dem Hund habe ich dir doch erklärt: Frauen, die Tiere, insbesondere Hunde, lieben, sind beständig, verantwortungsbewusst und kompromissbereit. Das weiß ich aus Erfahrung.«

Daniel musste wider Willen lachen. »Ja, deshalb hat dir deine Carmen auch schon mehrfach die Einstreu aus dem Meerschweinchenstall deines Sohnes hinterhergeworfen. Soviel zum Thema Kompromissbereitschaft.«

Peter zuckte zusammen. »Touché. Verantwortungsvoll und treu ist sie aber. Und sie liebt mich, das dürfte doch wohl reichen. Und genauso ein Exemplar werden wir nun auch für dich finden.«

Daniel verzog gespielt beleidigt die Mundwinkel. »Ich will aber keine Frau, die dich liebt.«

Peter lachte und stieß ihn heftig in die Seite. »Warte, bis die Anzeige am Montag erscheint. Dann wirst du dich vor lauter tollen Frauen nicht mehr retten können.«

2. Kapitel

»Und, hast du schon Zuschriften erhalten?«, fragte Christine aufgeregt und so laut, dass Julia das Handy ein Stück von ihrem Ohr weghielt.

»Ich bin gerade auf dem Weg zum Briefkasten«, antwortete sie. »Aber es ist erst Mittwoch. Ich glaube kaum, dass das so schnell geht.« Umständlich öffnete sie den Kasten mit einer Hand und zog mit einigem Erstaunen einen dicken Umschlag des Zeitungsverlags hervor. »Ich revidiere«, sagte sie ins Handy. »Da scheint ein ganzer Packen Briefe gekommen zu sein.«

»Was steht drin? Mach sie auf!«, schallte es aus dem Mobiltelefon und dann: »Mist, ich habe keine Zeit mehr, die

Mittagspause ist um. Ruf mich sofort heute Abend an, ja? Nein, besser, ich komme nach der Arbeit zu dir rüber.«

»Aber …« Julia blickte stirnrunzelnd ihr Handy an. Christine hatte bereits aufgelegt. »Typisch«, murmelte sie, klemmte sich den Umschlag und die üblichen Werbeprospekte unter den Arm und ging zurück ins Haus. Während Christine nun wieder an ihre Arbeit ging, war Julias Pensum für heute bereits geschafft. Sie genoss es, sich ihre Arbeitszeit selbst einteilen zu können, seit sie sich vor einem knappen Jahr als Steuerberaterin selbständig gemacht hatte. Heute hatte sie bereits um fünf Uhr morgens mit der Arbeit begonnen und war nun bis zum Mittag bereits so weit gekommen, dass sie nur noch die Telefonbereitschaft für Anfragen ihrer Kunden halten musste.

Sie brachte ihre Post in die Küche, goss sich ein Glas Saft ein und riss den großen Umschlag dann neugierig auf.

Stirnrunzelnd betrachtete Daniel den Brief, den er wahllos aus den Zuschriften herausgezogen hatte. »Lieber Weihnachtsengel«, las er und stellte die Kaffeetasse, an der er gerade genippt hatte, auf seinen Schreibtisch. »Normalerweise antworte ich nicht auf Kontaktanzeigen, doch die deine hat mich sogleich angesprochen, weshalb ich diesmal eine Ausnahme machen möchte. Du scheinst Phantasie zu haben und, ebenso wie ich, großen Wert auf Zweisamkeit zu legen. Auch spielen für mich die Begriffe Beständigkeit und Treue …« Er überflog die weiteren Zeilen nur, dann blieb sein Blick an der Unterschrift hängen: »In Hoffnung auf ein baldiges Kennenlernen grüßt Dich Dein Weihnachtsmann Gregor.« Im Umschlag steckte außerdem das Foto eines durchaus gutaussehenden schwarzhaarigen Mannes, der einen eleganten Anzug trug.

Daniel schüttelte irritiert den Kopf. »Na, so war das aber nicht gemeint«, brummte er und legte den Brief zur Seite. »Was hast du mir da bloß eingebrockt, Peter!« Er griff nach dem nächsten Schreiben. »Liebe unbekannte Weihnachtsfrau«, stand darin geschrieben, und er stockte, las dann aber weiter: »Deiner Anzeige entnehme ich, dass Du die Zweisamkeit suchst. Auch ich bin sehr daran interessiert und hoffe, Dir selbige nicht nur zu Weihnachten, sondern auch im übrigen Jahr bieten zu können. Da ich (noch) verheiratet bin, würde ich vorschlagen, unser erstes Treffen in einem Hotel ...« Daniel schüttelte sich und warf einen Blick auf die Unterschrift. »In freudiger Erwartung – Nino Weihnachtsmann«, lautete sie.

»Da stimmt doch was nicht.« Ein Blick in die anderen Briefe bestätigte Daniel, dass er ganz offensichtlich nur Zuschriften an eine Frau erhalten hatte. Eine Frau, die einen Weihnachtsmann suchte? »Moment mal!« Daniel sprang auf und suchte aus dem Stapel Zeitungen im Altpapierkarton diejenige heraus, in der vor zwei Tagen auch seine Kontaktanzeige abgedruckt gewesen war. Er überflog die entsprechende Seite, bis sein Blick an einer ungewöhnlichen Formulierung hängenblieb. »Gesucht: Vorzeigbarer Weihnachtsmann zwischen fünfundzwanzig und vierzig, Nichtraucher, der meine Leidenschaft für fröhliche Familienfeste nicht nur teilt, sondern selbige ...« Langsam ließ er die Zeitung sinken. »Das muss sie sein«, murmelte er. »Da hat anscheinend eine Verwechslung stattgefunden.« Er warf einen Blick auf seine Uhr. Bis zu seinem nächsten Termin waren es noch anderthalb Stunden, und er beschloss, nicht bei der Zeitung anzurufen, sondern gleich dort vorbeizufahren, denn das Verlagshaus lag auf dem Weg zu seinem Kunden. Und auf dem Rückweg würde er dann beim Tierheim vorbeifahren. Peter hatte so lange auf ihn eingeredet, bis er einverstanden gewesen war, sich tatsächlich einen Hund anzuschaffen, um bei den Treffen mit seinen Anzeigenkandidatinnen das erwähnte Haustier vorweisen zu können. Daniel hatte nicht wirklich etwas dagegen; als Junge hatte er einen Hund besessen und trug sich schon länger mit dem Gedanken, sich wieder einen vierbeinigen Hausgenossen anzuschaffen. Auch waren Hunde treu und logen nicht – zwei Eigenschaften, die er nach dem Desaster mit seiner Exfrau sehr zu schätzen wusste.

Entschlossen packte Daniel die Zeitung und die Zuschriften zusammen in eine Plastikmappe, warf sich seinen Parka über und machte sich auf den Weg.

3. Kapitel

»Du liebe Zeit, was für ein Durcheinander«, schimpfte Elf-Dreizehn und hackte auf der Tastatur herum.

Santa Claus stand mit zerknirschter Miene daneben. »Du hast doch gesagt, man könne das Programm einfach auf den neuen Computer übernehmen. Nichts anderes habe ich gemacht.«

»Ja, ja, ich weiß.« Elf-Dreizehn blickte kurz vom Bildschirm auf. »Ich hätte daran denken müssen, die Software vorher für das neue System zu konfigurieren.« Er drückte die Enter-Taste. »Jetzt ist alles wieder in Ordnung.«

»Na hoffentlich«, sagte eine weibliche Stimme in strengem Tonfall hinter ihnen. »Von dem Stromausfall war fast die gesamte nördliche Erdhalbkugel betroffen. Wir können froh sein, dass die Sache nur ein paar Sekunden gedauert hat. Stellt euch vor, was sonst alles hätte passieren können.«

Santa Claus drehte sich zu seiner Frau um und nickte verlegen. »Ich weiß, ich weiß. Aber anscheinend hatte der Ausfall keine Auswirkungen. Jedenfalls hat keine der Nachrichten-Elfen etwas von Störungen oder Unfällen berichtet.«

»Nun ja, bis auf dieses kleine Missgeschick in diesem Zeitungsverlag, nicht wahr?«, wandte Elf-Dreizehn ein. Er rückte seine spitze Mütze zurecht, stand auf und trat an die hintere Wand des Weihnachtsmann-Büros, an der unzählige Bildschirme angebracht waren, und deutete auf einen davon. »Dieser Computer-Crash hat zwei Menschen ganz beträchtliche Unannehmlichkeiten bereitet.«

»Du hast recht, Elf-Dreizehn«, stimmte Santas Frau zu. Sie stieß ihren Mann den Ellenbogen in die Rippen und wies dann ebenfalls auf den Bildschirm. »Schau nur, was du da angerichtet hast! Ich finde, das solltest du wieder ins Lot bringen.«

4. Kapitel

»Was soll das heißen, Sie können nichts tun?«, fragte Julia die Anzeigenassistentin aufgebracht. »Ich habe hier einen ganzen Stapel Briefe, die ganz offensichtlich nicht an mich gerichtet sind. Und derjenige, dem sie gehören, hat nun bestimmt meine Zuschriften und ärgert sich genauso wie ich. Deshalb bitte ich doch nur darum, mir die Adresse ...«

»Das geht leider nicht«, unterbrach die junge Frau sie ruhig, aber bestimmt. »Aus Gründen des Datenschutzes können wir Ihnen die Adresse des betreffenden Herrn nicht nennen. Ganz abgesehen davon, dass wir noch gar nicht wissen, um wen es sich handelt. Es gab vergangenen Freitag leider einen kleinen Stromausfall und deswegen einen Zwischenfall mit unserem Server, so dass noch nicht feststeht, ob Sie und dieser andere Kunde die einzigen Betroffenen sind. Ich bitte Sie daher noch um etwas Geduld und vielleicht noch darum, etwaige weitere Zuschriften aufzuheben, um sie dann dem Besitzer zu übergeben, sobald wir ihn gefunden haben.«

»Aber das kann doch nicht so schwer sein.« Julia legte den Ausdruck ihrer Bestätigungs-E-Mail auf den Schreibtisch der Assistentin. »Hier sehen Sie doch meine Chiffre-Nummer. Sie müssen doch nur nachsehen, mit welcher Anzeige sie vertauscht wurde.«

»Je nun, wenn das so einfach wäre«, seufzte die Assistentin. »Aber leider sind unsere Datenbanken beschädigt, und es wird ein paar Tage dauern, bis wir wieder Zugriff darauf haben. Deshalb können wir auch leider den automatischen Versand der Zuschriften nicht stoppen. Es tut mir sehr leid, Frau Sasse. Ich kann Ihnen nur anbieten, Ihnen als kleine Wiedergutmachung einen Gutschein über eine weitere Kontaktanzeige auszustellen.«

»Nein, danke, kein Bedarf«, wehrte Julia rasch ab. Da sie einsah, dass sie heute hier nichts ausrichten konnte, zuckte sie mit den Schultern. »Wann kann ich damit rechnen, dass Sie Ihr Computerchaos in den Griff bekommen haben?«

Die junge Frau hinter dem Schreibtisch lächelte unbeirrt weiter. »Am Freitag, spätestens kommenden Montag. Ich werde Ihnen umgehend Bescheid geben, Frau Sasse.«

»Also gut, dann ...« Julia wandte sich zum Gehen und sah sich einem hochgewachsenen dunkelhaarigen Mann in einem grauen Parka gegenüber, der eine gelbe Plastikmappe unter dem Arm trug.

»Hoppla.« Er lächelte und machte ihr Platz.

Sie nickte ihm kurz zu und ging weiter, blieb jedoch stehen, als sie mitbekam, was der Mann zu der Assistentin sagte.

»Entschuldigung?« Sie kehrte um und musterte ihn neugierig. Er sah gut aus und machte überdies einen sympathischen Eindruck. Gab solch ein Mann tatsächlich Kontaktanzeigen auf? Rasch schob sie den Gedanken beiseite, denn das ging sie ja im Grunde gar nichts an. Sie deutete auf die Zeitung, die er aus der Mappe hervorgezogen hatte. »Habe ich das eben richtig gehört – Sie haben falsche Zuschriften auf Ihre Kontaktanzeige erhalten?«

Daniel sah die schlanke und äußerst hübsche Frau überrascht an. Ihr Gesicht wurde von schulterlangem weizenblondem Haar umrahmt, und eine modische randlose Brille betonte ihre großen graublauen Augen. Als ihm bewusst wurde, dass er sie anstarrte, besann er sich rasch auf ihre Frage. »Da haben Sie richtig gehört. Gehören Sie zum Verlag?«

Julia schüttelte den Kopf. »Nein, aber mir ist genau das Gleiche passiert.« Sie hob den Umschlag mit den Briefen, die die Anzeigenassistentin nicht hatte annehmen wollen. »Ich dachte, dass Sie möglicherweise meine Zuschriften haben und ich die Ihren.«

»Das ließe sich nun ja ganz leicht herausfinden«, mischte sich die Assistentin ein. »Lassen Sie mich doch die Chiffre-Nummern auf den Zuschriften mit denen in Ihren Bestätigungs-E-Mails vergleichen, dann sind wir sofort klüger.« Eifrig nahm die junge Frau die Briefe und Schriftstücke entgegen und verglich sie gewissenhaft. »Tatsächlich«, sagte sie schließlich mit einem strahlenden Lächeln. »Sie haben Glück – die Verwechslung scheint tatsächlich Sie beide zu betreffen. Sie brauchen also nur Ihre Zuschriften auszutauschen, und alles ist wieder im Lot.« Zuvorkommend reichte sie Julia nun die gelbe Mappe und dem dunkelhaarigen Mann den braunen Umschlag.

»Na, das ging ja einfach.« Er grinste. »Ich bedanke mich.«

Auch Julia nickte erfreut und ging neben ihm her in Richtung Ausgang.

Als sie auf der Straße standen, sah er sie neugierig von der Seite an. »Und Sie suchen also einen Weihnachtsmann?«

»Wie bitte?« Irritiert hob sie die Augenbrauen.

Er lachte. »Verzeihen Sie, aber ich habe natürlich Ihre Zuschriften geöffnet und gelesen. Eine phantasievolle Anzeige haben Sie da geschaltet.«

Julia verzog verlegen die Mundwinkel. »Ich weiß. Das war die Idee meiner Schwester. Sie ist Werbetexterin«, setzte sie mit vielsagendem Blick hinzu.

»Nun, sie hat Ihnen jedenfalls ganze neun Zuschriften beschert.« Er zwinkerte jungenhaft. »Das spricht jedenfalls für das Talent Ihrer Schwester, nicht wahr?«

»Na ja, Sie haben aber auch zehn Briefe erhalten«, erwiderte Julia amüsiert. »Die ich natürlich ebenfalls geöffnet habe. Sie besitzen also einen Hund und wandern gerne durchs Leben?«

»Äh … ja.« Er nickte zaghaft. »Auch nicht auf meinem Mist gewachsen, wie ich zugeben muss. Bei mir war es ein guter Freund, der sich die Zeilen ausgedacht hat.«

»Tja, dann wünsche ich Ihnen viel Erfolg mit den Damen, die Ihnen geschrieben haben«, meinte Julia und wollte sich schon verabschieden. Doch da fiel ihr noch etwas ein. »Von Katja, die den Kuschelkater sucht, und Sonja mit der Vorliebe für wildes Herumtollen auf der Wiese würde ich Ihnen allerdings abraten. Die beiden scheinen nicht gerade mit großem Verstand gesegnet zu sein. Aber der Brief von Anette klang recht nett.«

Überrascht sah er sie an. »Danke, das werde ich berücksichtigen.« Er legte den Kopf auf die Seite. »Dann halten Sie sich aber bitte von dem verheirateten Nino mit der Vorliebe für Hotels fern und besser auch von Piet, der behauptet, er sei fünfundzwanzig, der aber auf dem Foto, das er beigelegt hat, eher den Eindruck macht, gerade mal eben erst volljährig geworden zu sein. Ich würde an Ihrer Stelle zu Gregor tendieren, der hat, wie ich finde, den annehmbarsten Brief geschrieben. Außerdem scheint er gut betucht zu sein, wenn man nach dem Anzug auf seinem Foto geht.«

»Ach?« Julia schmunzelte. »Na gut, wie Sie meinen. Obwohl ich es nicht auf einen reichen Mann abgesehen habe. Ich verdiene selbst genug Geld, um mich über Wasser zu halten. Und mehr verlange ich auch von einem potentiellen Kandidaten nicht.«

»Also gut, dann …« Er zögerte. »Sollten wir nicht unsere Adressen austauschen? Ich meine, falls wir noch weitere Zuschriften erhalten?«

5. Kapitel

»Santa, wir brauchen dich in der Plüschtierabteilung«, sagte Elf-Eins, nachdem er an die Tür des Büros geklopft und seinen Kopf zur Tür hereingesteckt hatte. Überrascht trat er ein, als er den Weihnachtsmann vor einem der Videobildschirme sitzen und gebannt darauf schauen sah. »Was machst du da?«

Santa Claus wandte sich nur ganz kurz um und blickte dann wieder auf den Bildschirm. »Ich beobachte«, antwortete er. »Nach diesem Missgeschick mit dem Stromausfall muss ich doch sehen, ob mein Plan zur Wiedergutmachung funktioniert.« Grinsend tippte er auf das Bild. »Guter Hund«, murmelte er. »Ich glaube, du kriegst das hin.«

»Santa?«, sprach Elf-Eins ihn erneut und etwas ungeduldig an. »Die Plüschtiere …«

»Ja, ja, ich komme schon.« Der Weihnachtsmann winkte ab. »Ich will nur noch schnell schauen … Ja, sehr gut, es läuft alles nach Plan.«

6. Kapitel

Missmutig ging Daniel neben Nick, dem dreijährigen grauschwarzen Schäferhundmischling her, den er zwei Tage zuvor aus dem Tierheim geholt hatte. »Musstest du Kassandra unbedingt anspringen und ihr die Strumpfhose zerreißen?«, grollte er den Vierbeiner an, der ihm daraufhin jedoch nur einen treuen Hundeblick schenkte. »Und Frauen mögen auch keine Schlammpfotenabdrücke auf ihrer Bluse«, schimpfte Daniel weiter. Vor der Tür zu dem Mehrfamilienhaus, in dem seine Wohnung lag, blieb er stehen. Nick setzte sich brav neben ihn und sah aufmerksam zu ihm auf.

Daniel seufzte. »Schon gut, du konntest ja nicht wissen, dass sie gleich hysterisch wird.« Er hielt kurz inne. »Ich allerdings auch nicht. Immerhin war es ja ihre Idee, uns bei einem Waldspaziergang kennenzulernen. Und das bei dem Wetter.« Er blickte zum Himmel hinauf, der von dichten Regenwolken verhangen war, aus denen es schon seit Stunden leicht nieselte.

Nick schnaubte zustimmend und hob eine Pfote, so dass Daniel lachen musste. »Na komm, dann lass uns mal reingehen.« Rasch holte er noch die Post aus seinem Briefkasten und scheuchte Nick dann hinauf in die Wohnung. Dort angekommen, sah er die Briefe und Werbesendungen durch und legte den Umschlag vom Zeitungsverlag auf den Couchtisch neben dem Telefon.

Suchend sah sich Julia in dem kleinen Café um und entdeckte Daniel Rosenbaum schließlich ganz hinten in einer Nische. Sie musste schmunzeln, als sie beobachtete, dass er mit sichtlicher Mühe seine langen Beine unter dem kleinen Tisch zu verstauen versuchte. Entschlossen trat sie auf ihn zu. »Guten Tag. Hätten wir uns nicht vielleicht besser in einem etwas geräumigeren Lokal treffen sollen?«

Daniel lächelte heiter. »Ach was, das ist doch ein ausgesprochen lauschiges Plätzchen hier.« Er wies einladend auf den Stuhl ihm gegenüber.

Als Julia sich setzte, stießen sie zwar mit ihren Knien aneinander, doch sie musste zugeben, dass das Café ansonsten wirklich hübsch eingerichtet war. Sogar kleine Zweige mit Weihnachtskugeln zierten bereits die Tische. Eine Kellnerin nahm ihre Bestellungen auf, und nachdem sie wieder gegangen war, schob Daniel Julia einen großen Umschlag zu. »Ihr Aufruf nach einem Weihnachtsmann scheint auf großes Interesse zu stoßen. Wieder neun Zuschriften.«

Überrascht warf sie einen Blick auf die Briefe, dann reichte sie ihm ebenfalls einen Umschlag. »Bei Ihnen sind es zwar nur fünf, aber ich nehme an, das reicht trotzdem, um Ihre Wanderungen einstweilen mit Gesellschaft zu versorgen.« Sie lächelte. »Übrigens hatten Sie recht mit Nino und Piet. Nachdem ich die beiden Briefe gelesen hatte, habe ich sie gleich aussortiert. Aber mit diesem Gregor werde ich mich übermorgen treffen.«

»Eine gute Wahl.« Daniel nickte der Kellnerin zu, die ihnen den Kaffee servierte. »Und was ist mit den anderen Kandidaten?«

Julia verzog leicht die Mundwinkel. »Das müssten Sie doch selbst wissen. Drei waren ganz offensichtlich nur auf ein schnelles Abenteuer aus und sind sogleich in den Papierkorb gewandert.«

»Wie grausam!« Er grinste.

»Die anderen habe ich noch nicht erreicht.« Sie rührte Milch in ihren Kaffee und gab auch ein wenig Zucker hinzu. »Und bei Ihnen?« Sie hob rasch die Hand, bevor er antworten konnte. »Lassen Sie mich raten: Die Kuschelige und die Wiesenfrau haben Sie aussortiert.«

»Das hatten Sie mir geraten.«

»Aber Anette, Kassandra und …« Sie überlegte, »Rafaela werden Sie in Betracht ziehen.«

Verblüfft sah er sie an. »Sie sind gut. Kassandra können Sie aber gleich wieder von der Liste streichen. Nick hat sie verjagt.«

»Nick?«

»Mein Hund«, erklärte er. »Er hat sich ihr gegenüber … na ja … danebenbenommen. Das hat ihrer Garderobe Schaden zugefügt – und unserer Bekanntschaft ebenfalls.«

Julia lachte. »Dann ist Nick wohl schlecht erzogen.«

Daniel schüttelte den Kopf. »Nein, ganz und gar nicht. Aber ich besitze ihn erst seit drei Tagen, und deshalb konnte ich noch nicht gut einschätzen, wie er auf Fremde reagiert.«

»Erst seit drei Tagen?« Julia blickte ihn erstaunt an. »Ich dachte …« Sie runzelte die Stirn ein wenig empört. »Dann sind Sie ja ein Betrüger!«

»Aber nein«, widersprach er. »Peter – mein Freund, Sie erinnern sich – hatte die Idee mit dem Hund. Nun ja, und um nicht ohne dazustehen, habe ich Nick aus dem Tierheim adoptiert.«

»Wie großherzig.« Julias Miene blieb skeptisch. »Und zum Dank hat er Ihnen gleich die erste Kandidatin vergrault?«

Daniel hob die Schultern. »Nicht weiter schlimm. Sie war mir sowieso ein wenig zu anstrengend.«

»Anstrengend?«

Wieder hob er nur die Schultern, woraufhin sie doch wieder lächelte. »Macht ja nichts. Sie haben ja noch weitere

Zuschriften erhalten.« Bedeutungsvoll wies sie auf den Umschlag.

»Wie wahr.« Er nickte. »Das bringt mich übrigens auf eine Idee. Sie scheinen eine recht gute Menschenkenntnis zu besitzen. Vielleicht möchten Sie mir helfen, die Zuschriften durchzusehen?«

»Ich?«

»Ja, nun, im Gegenzug könnte ich mir Ihre Kandidaten ansehen, quasi aus dem männlichen Blickwinkel.«

Nachdenklich legte sie den Kopf auf die Seite. »Wissen Sie was, die Idee ist gar nicht so schlecht. Das könnte sogar sinnvoller sein, als die Zuschriften mit meiner Schwester zusammen durchzugehen. Sie ist nämlich dermaßen davon besessen, mich unter die Haube zu bringen, dass Ihr die Feinheiten in den Briefen bestimmt entgehen. Außerdem ist sie hoffnungslos romantisch. Sie hätte vermutlich sogar Ninos Einladung zu einem Stelldichein im Hotel für den Beginn eines modernen Märchens gehalten.«

Daniel gluckste amüsiert. »Keine gute Beraterin also?«

»Nicht wirklich.«

»Dann stehe ich Ihnen gerne zur Verfügung.« Er warf einen Blick auf seine Armbanduhr. »Leider bleibt mir nicht mehr viel Zeit. Ich habe gleich noch einen Termin mit einem Kunden. Was halten Sie davon, wenn wir uns später irgendwo treffen und die Briefe in Ruhe ansehen?«

Julia nickte. »Warum nicht?« Sie trank ihren Kaffee aus. »Allerdings geht es morgen nicht, weil ich mich nach der Arbeit erst noch nach einem Elektriker umsehen muss. Seit dem kurzen Stromausfall am vergangenen Freitag stimmt etwas nicht mit meinem Sicherungskasten. Und abends muss ich meiner Schwester helfen, einen Adventskalender zu basteln.«

»Einen Adventskalender? Jetzt schon?«

Julia lachte. »O ja, für den Kindergarten. Das wird so ein Riesending für zweiundzwanzig Kinder.«

»Oha.« Auch Daniel lachte. »Aber das mit dem Elektriker können Sie vergessen. Darum kann ich mich auch kümmern.« Er zog eine Visitenkarte aus der Jackentasche und reichte sie ihr.

Überrascht blickte sie darauf. »Oh, Sie sind Elektronikermeister? Wie praktisch.«

»Wenn Sie mir sagen, wann es Ihnen recht ist, komme ich morgen im Laufe des Nachmittags bei Ihnen vorbei.«

»Du triffst dich heute mit diesem Typ?« Christine starrte Julia entsetzt an.

»Doch nur, weil er wegen dieses Computerfehlers meine Zuschriften bekommt und ich seine«, beruhigte Julia sie. »Wir tauschen sie aus und ...«

»Wie kannst du nur! Ein Mann, der eine Kontaktanzeige aufgegeben hat!«

Verständnislos sah Julia ihre Schwester an. »Worin besteht denn der Unterschied, ob ein Mann auf eine Kontaktanzeige antwortet oder selbst eine aufgibt?«

»Hach, Schwesterherz!« Theatralisch hob Christine beide Hände in die Höhe. »Das ist doch ganz klar. Wenn er schon so verzweifelt ist, dass er selbst eine Anzeige aufgeben muss, kann es sich nur um einen Verlierer handeln. Oder um einen Gigolo.« Sie hielt inne. »Oder er ist hässlich wie die Nacht.« Sie schüttelte sich.

Julia biss sich auf die Unterlippe, um ein Lachen zu unterdrücken. »Chrissi, du spinnst. Und ich kann dir versichern …«

»O nein, kein Wort mehr«, wehrte Christine entschieden ab. »Vielleicht war das alles doch keine so gute Idee, wenn du dich so leichtgläubig mit einem …« Sie horchte auf, als sie ein Auto in die Auffahrt einbiegen hörte. »Ist er das?«

»Warte doch mal«, rief Julia ihr hinterher, doch ihre Schwester war bereits auf dem Weg zur Tür.

»Den schaue ich mir jetzt an. Und du wirst sehen, dass ich recht habe … Oh.« Christine blieb, nachdem sie die Haustür aufgerissen hatte, wie angewurzelt auf der Schwelle stehen. »Hallo. Ich … äh … ich bin Christine. Und Sie sind … ähm, der Mann mit der Kontaktanzeige?«

Daniel musterte die junge Frau an der Tür überrascht. Sie war eine Handbreit kleiner als Julia und besaß eine etwas weiblichere Figur, dennoch war die Ähnlichkeit zwischen den beiden enorm, so dass es sich wohl nur um jene Schwester – die Werbetexterin mit dem Faible für Weihnachtsmänner – handeln konnte.

»Der bin ich«, antwortete er und lächelte sie an. »Daniel Rosenbaum; freut mich, Sie kennenzulernen.«

Sie starrte ihn noch immer reichlich verblüfft an, was ihn zum Lachen reizte. »Sie … Sie sind Handwerker?«, fragte sie schließlich und ließ ihren Blick neugierig über seinen Körper wandern, der in einer dunkelblauen Arbeitsmontur steckte, dann sah sie hinüber zu seinem ebenfalls dunkelblauen Lieferwagen, auf dem in großen Lettern die Worte *Rosenbaum und Söhne – Elektrotechnik, Kommunikations- und Sicherheitstechnik, Energie- und Gebäudetechnik* prangten.

Daniel nickte. »Damit verdiene ich meinen Lebensunterhalt.«

Christine trat zögernd zur Seite, als nun auch Julia an die Tür kam. »Und ich nehme an, auch den Ihrer – ähm – Söhne?«

»Chrissi!« Julia stieß ihre Schwester unsanft an.

Doch Daniel lachte nur erheitert. »Wohl kaum, denn dazu müsste ich erst einmal welche haben. Nein, ich bin selbst einer der Söhne. Die Firma gehört meinem Vater.«

»Oh.« Christine war sichtlich verlegen.

»Kommen Sie doch herein«, sagte Julia und winkte ihm näherzutreten. »Immer geradeaus ins Wohnzimmer.« Als er an ihr vorbei war, blickte sie ihre Schwester scharf an. »Und du verschwindest jetzt! Das ist ja geradezu peinlich mit dir.«

»Ach woher denn!« Christine schien sich nun doch wieder gefangen zu haben, denn sie grinste plötzlich spitzbübisch. »Der ist ja ein richtiger Leckerbissen!«, raunte sie. »Wenn es mit diesem Gregor nichts wird, solltest du dir den hier warmhalten.«

Julia hob die Augenbrauen. »Ach? Ich dachte, ich soll die Finger von Männern lassen, die Kontaktanzeigen aufgeben.«

»Nicht, wenn sie so aussehen wie dieses Exemplar, Schwesterherz!« Christine zwinkerte ihr verschwörerisch zu. »Ich lasse euch jetzt allein, Schätzchen. Mach mir keine Schande!«

Julia sah ihr kopfschüttelnd nach und ging dann hinüber ins Wohnzimmer, wo Daniel sich bereits interessiert umsah.

»Hübsch haben Sie es hier«, sagte sie.

»Wie bitte?« Erstaunt sah er sie an.

Sie lächelte. »Das wollten Sie doch sagen, oder nicht? Eine typische Floskel, um das Eis zu brechen.«

»Sind Sie Psychologin?«

Julia lachte. »So was Ähnliches. Ich bin Steuerberaterin.«

»Oha.«

»Setzen Sie sich doch! Möchten Sie einen Kaffee, Tee oder etwas anderes?«

»Machen Sie sich bloß keine Umstände«, wehrte er ab.

Sie lachte. »Noch so eine Floskel. Es sind aber keine Umstände, denn zufällig habe ich gerade eine Kanne Kaffee gekocht. Meine Schwester ist süchtig danach, daher habe ich immer etwas auf Vorrat, wenn sie herüberkommt.«

»Also gut, in dem Fall nehme ich gerne eine Tasse.« Er setzte sich auf die Couch und legte einen Umschlag auf den Tisch. »Verdienen Sie als Steuerberaterin so gut, dass Sie sich so was leisten können?« Er wies auf die edle Marmorplatte des Couchtischs. Julia, die rasch die Kaffeekanne und zwei Tassen aus der Küche geholt hatte, stellte beides auf selbiger Platte ab. »Nein. Das ist ein Überbleibsel aus der Einrichtung meiner Eltern. Sie haben sich eine Eigentumswohnung im Stadtzentrum gekauft und sich dort völlig neu eingerichtet. Von diesem Couchtisch wollte ich mich nicht trennen, weil ich ihn schon immer schön fand. Mein Vater erzählt außerdem gerne, dass wir Kinder uns daran immer hochgezogen und laufen gelernt hätten.«

»Eine schöne Erinnerung«, befand Daniel. »Von der Sorte könnte ich auch eine Menge aufbieten.«

»Sie sind ein Familienmensch. So steht es, glaube ich, auch in Ihrer Anzeige, nicht wahr?«

»Zwangsläufig«, antwortete er mit einem schiefen Lächeln.

»Mit vier Geschwistern bleibt mir kaum etwas anderes übrig.«

»Oje.«

»Ganz recht. Wir sind ein ziemlich chaotischer Haufen. Und multireligiös, wie wir es zu nennen pflegen.«

Julia nickte. »Ihrem Namen nach haben Sie jüdische Vorfahren?«

»Mein Vater ist Jude, meine Mutter Katholikin.« Er lachte leise. »Wir haben also von beiden Religionen gleichen Anteil im Blut. Fragen Sie aber lieber nicht, wie es auf unseren Familienfeiern zugeht. Meine Mutter ist jetzt schon dabei, die Weihnachtsdekoration hervorzukramen, mein Vater probiert in jeder freien Minute die traditionellen Rezepte für Chanukka aus, und beide streiten sich leidenschaftlich darum, wer wann welche Verwandten einladen soll.«

Julia lachte ebenfalls. »Das klingt doch wunderbar. Ich liebe Familienfeste.«

»Sie haben ja auch noch keines der Familie Rosenbaum erlebt«, seufzte Daniel. Dann deutete er auf den Umschlag. »Diese beiden Briefe sind heute noch für Sie gekommen.«

»Ach ja, für Sie habe ich auch noch vier.« Julia eilte noch einmal in die Küche und kam mit der Post zurück.

Daniel nahm ihr die Briefe ab, öffnete sie und überflog sie neugierig. »Hm, was halten Sie von dem hier?« Er reichte ihr eines der Blätter.

Sie warf einen Blick darauf. »Nicht übel. Hat die Dame ein Foto mitgeschickt?«

»Hier.« Er reichte ihr das Gewünschte.

Julia betrachtete es und hob dann den Kopf. »Schauen Sie ruhig schon mal in meine Zuschriften. Ich bin gespannt auf

Ihre Meinung.« Sie wies auf den Stapel Briefe, den sie zusammen mit der heutigen Post mitgebracht hatte, und vertiefte sich wieder in den Brief einer gewissen Henriette, die ihre Zeilen mit eindeutig zweideutigen Anspielungen gespickt hatte.

Die nächste halbe Stunde verbrachten sie damit, die Zuschriften durchzugehen und sich Teile daraus gegenseitig vorzulesen. Danach sortierte Julia die Zuschriften an Daniel nach der aus ihrer Sicht vernünftigen Reihenfolge, und Daniel tat dasselbe mit ihren Briefen.

Als sie fertig waren, war die Kaffeekanne leer, ebenso die Schale mit Gebäck, die Julia bereitgestellt hatte.

»Nun können die Dates wohl kommen«, meinte Daniel und schmunzelte. »Henriette und diesen wilden Feger namens Bibi werde ich aber lieber auslassen.«

Julia legte den Kopf auf die Seite. »Ich würde Sie nicht kategorisch ausschließen«, sagte sie. »Es kommt eher darauf an, was Ihnen vorschwebt. Für ein schnelles Abenteuer ist Henriette bestimmt zu haben. Und diese Bibi – na ja – sie ist noch ziemlich jung. Wollten Sie wirklich Zuschriften von Zwanzigjährigen?«

»Eigentlich nicht.«

»Sehen Sie, das beweist doch, dass sie etwas auf sich hält, sonst würde sie doch nicht auf Ihre Anzeige geantwortet haben. Bestimmt kann man viel Spaß mit ihr haben. So wie sie schreibt, scheint sie recht flippig, aber durchaus in Ordnung zu sein. Ich vermute, sie ist eine Frau, mit der Sie nächtelang in Discos abtanzen und feiern können. Und Spaß haben.«

Daniel verzog skeptisch das Gesicht. »Und wer versorgt am nächsten Morgen meinen Kater?«

Sie lachte. »Ich schätze, darum müssten Sie sich dann selbst kümmern.«

Daniel zuckte mit den Schultern. »Ich überlege es mir. Aber nun etwas anderes. Sagten Sie nicht etwas von Schwierigkeiten mit Ihrem Sicherungskasten?«

7. Kapitel

»Schau mal mein Schatz. Wie findest du das?« Santa winkte seine Frau in sein Büro und wies auf einen der Bildschirme, auf dem gerade zwei Personen in einem halbdunklen Kellerraum zu sehen waren.

Sie trat näher und betrachtete das Geschehen eine Weile schweigend. »Hältst du das für eine gute Idee? Du wolltest doch nur diese Verwechslung aufklären.«

Santa Claus lächelte und strich sich durch den weißen Bart. »Das brauchte ich gar nicht. Die beiden haben die Sache schon selbst in die Hand genommen. Aber ich fand, wenn sie sich nun schon kennen, könnten sie doch auch ...«

»Ein Paar werden? Ich weiß nicht. Was ist denn mit diesen hier?« Sie wies auf einige andere Bildschirme. »Der Mann hier bereitet sich gerade auf ein Date mit der jungen Frau vor. Und hier, die Frau schreibt gerade einen Brief auf diese Annonce. Was willst du mit ihnen machen? Meinst du nicht, die beiden hätten das Recht, selbst zu entscheiden, in wen sie sich verlieben?«

»Natürlich haben sie das«, antwortete der Weihnachtsmann.

»Dann misch dich bitte nicht weiter ein!«

»Nein, nein, keine Angst, mein Schatz.« Er zwinkerte vergnügt. »Dafür habe ich ja schließlich Nick …«

8. Kapitel

Prüfend warf Daniel einen letzten Blick in den Spiegel, rückte seine Krawatte zurecht und strich seine dunkle Anzugjacke glatt. Seine Mutter hatte ihn, wie jedes Jahr, versucht zu einem Smoking zu nötigen, doch wie immer war er standhaft geblieben. Zwar war der St. Martins Empfang durchaus ein Anlass, sich in Schale zu werfen, doch übertreiben wollte er es nicht. Die Veranstaltung war verknüpft mit einem Wohltätigkeitsbasar, und seine Mutter führte dabei schon seit vielen Jahren den zweiten Vorsitz.

Daniel wandte sich vom Spiegel ab und griff nach seinem Mantel, als Nick, der sich bisher hingebungsvoll mit einem Kauknochen beschäftigt hatte, den Kopf hob und laut knurrte. »Nanu, was hast du denn?«, wollte Daniel wissen.

Im nächsten Moment klingelte es an der Haustür. Nick sprang auf und bellte wie verrückt. Verwundert blickte Daniel ihn an. »Was ist denn los? Das wird Anette sein. Du kennst sie doch.«

Nachdem er sich zwei Tage zuvor mit ihr zu einem Abendessen getroffen hatte, war ihm die Idee gekommen, sie zu der Wohltätigkeitsveranstaltung einzuladen. Anette war sechsundzwanzig, brünett, fröhlich und aufgeschlossen und damit durchaus nach seinem Geschmack. Auch hatte sie keine hysterischen Anwandlungen bekommen, als Nick sie zur ersten Begrüßung fast umgeworfen hatte. Als er nun die Tür öffnete, konnte er ihr jedoch das erschreckte Zurückweichen und den Schreckensschrei nicht verübeln. Nick war wie ein Torpedo auf sie zugeschossen, hatte sie angesprungen und knurrte sie nun mit hochgezogenen Lefzen furchterregend an.

Julia hakte sich bei ihrem Begleiter unter und betrat neben ihm die festlich geschmückte Stadthalle. Sie war keine Freundin großer Festveranstaltungen, doch Gregors Einladung zu dem Wohltätigkeitsbasar hatte sie nicht ablehnen wollen. Immerhin war dies eine gute Gelegenheit, ihn noch näher kennenzulernen. Bisher hatten sie sich zweimal getroffen – einmal zu einem gemeinsamen Abendessen beim Italiener und danach noch einmal zu einem zwanglosen Spaziergang durch den Park.

Gregor war ihr sympathisch, und sie unterhielt sich gern mit ihm. Und im Vergleich zu den beiden anderen Kandidaten, mit denen sie sich zwischenzeitlich getroffen hatte, besaß er wesentlich mehr Stil, Charme und Humor. Dennoch war sie noch weit davon entfernt, mehr in ihm zu sehen als einen netten neuen Bekannten, und das hing nicht zuletzt mit der Tatsache zusammen, dass sie seit jenem Nachmittag vor einer Woche immer wieder an Daniel Rosenbaum denken musste.

Nach ihrem Gespräch über die Anzeigenzuschriften hatte er sich den Sicherungskasten im Keller angesehen und die defekte Sicherung auch gleich repariert. Sie hatte ihm dabei zugesehen, und die erzwungene Nähe in dem winzigen, nur von einem schmalen Fensterchen erhellten Kellerraum hatte in ihr ungewohnte Gefühle ausgelöst. Dann hatten sie über irgendetwas gelacht und einander angesehen, und für den Bruchteil einer Sekunde hatte Julia gedacht, in Daniels Augen eine ähnliche Regung aufblitzen zu sehen.

Doch sie wusste natürlich, dass das Unfug war. Er hatte sich seither nicht mehr bei ihr gemeldet, was ihre romantischen Anwandlungen eigentlich längst hätte abkühlen lassen müssen. Dass sie sich dennoch seit Tagen wie ein verliebter Teenager vorkam, sprach ganz bestimmt nicht für ihre Intelligenz.

Entschlossen verdrängte sie jegliche Gedanken an Daniel und konzentrierte sich wieder auf ihren Begleiter, der sie mittlerweile an den Ständen des Basars vorbei zu den festlich geschmückten Tischen am hinteren Ende der Halle geführt und ihr fürsorglich den Stuhl zurechtgerückt hatte. Als sie sich setzte, fiel ihr Blick auf das Podium, auf dem im Verlauf des Abends verschiedene Personen Ansprachen halten würden, und ihr Herz holperte kurz.

Neben dem Podium stand Daniel und sprach mit einer eleganten blonden Dame, die dem Namensschild auf ihrer Bluse nach offenbar zum Festkomitee gehörte.

Halb lachend, halb verärgert erzählte Daniel seiner Mutter von dem Zwischenfall mit Nick, der die entsetzte Anette zuerst mit heftigem Knurren bedroht, dann jedoch wie verrückt abgeschleckt hatte. Als er es geschafft hatte, den verrückten Hund von ihr loszureißen, war ihr Kleid verschmutzt und ihr Make-up ruiniert gewesen, weshalb sie nun doch auf die Einladung zum Basar verzichtet hatte. Allerdings hatte sie es Nick nicht übelgenommen, sondern vermutet, er sei einfach keine weibliche Gesellschaft gewöhnt und deshalb eifersüchtig. Also hatten sie sich für den nächsten Tag verabredet, und Daniel war allein zur Stadthalle gefahren.

Silvia Rosenbaum hörte sich die Geschichte mit skeptischer Miene an. »Nun, Junge, so sehr ich es auch begrüße, dass du dich entschlossen hast, jemanden kennenzulernen – musste das mit dem Hund unbedingt sein? Ich finde ja nichts dabei, dass du dir ein Haustier anschaffst, aber so überstürzt? Und sieh dir an, in was für ein Chaos er dich stürzt. Stell dir vor, diese Frau zeigt dich wegen des Vorfalls an!«

»Ach was.« Daniel schüttelte den Kopf. »Das wird sie schon nicht tun. Es ist ja nichts weiter passiert.«

»Das sagst du.«

»Das ist eine Tatsache.« Er lächelte. »Aber komisch ist es schon. Nick hat bisher alle Frauen, mit denen ich mich getroffen habe, auf die eine oder andere Weise in die Flucht geschlagen. Kassandra hat er im Wald angesprungen, Lisas Schuhe angekaut, und Ellen hat er sogar ins Auto gekotzt.«

»Daniel!« Empört starrte seine Mutter ihn an. »Das ist ja ekelhaft!« Doch sie konnte sich ein Schmunzeln nicht verkneifen. Dann hob sie jedoch erstaunt die säuberlich in Form gezupften Augenbrauen. »Was soll das eigentlich heißen – alle Frauen? Erfreust du dich plötzlich der Vielweiberei?«

»Nein, Mama, bestimmt nicht.« Daniel schüttelte amüsiert den Kopf. »Vielweiberei, also wirklich!«

Silvia lächelte ebenfalls. »Weiß man's? Bei euch Kerlen ist doch alles möglich.«

»Sprach die Ehefrau des wohl monogamsten Mannes auf diesem Planeten.«

Silvias Miene wurde sanft. »Und eines ebensolchen Sohnes, dachte ich zumindest bis eben.« Sie sah sich suchend um. »Wo steckt dein Vater übrigens?«

Daniel wies in Richtung des Basars. »Bei den Kunstgegenständen, glaube ich.« Dann wurde er wieder ernst. Er hatte seinen Eltern absichtlich noch nichts von der Kontaktanzeige erzählt, denn er wusste, wenn sie es erfuhren, würde es nicht lange dauern, bis auch seine Brüder und Schwestern davon hörten. Und den darauf folgenden Spießrutenlauf geschwisterlichen Spotts wollte er sich so lange wie irgend möglich ersparen. »Ich habe nur ... ein paar neue Bekannte getroffen«, erklärte er deshalb vage. »Es war Peters Idee«, setzte er noch hinzu.

»Das hätte ich mir ja denken können. Und hast du nun eine neue Freundin oder nicht?«, fragte Silvia geradeheraus.

Er seufzte. »Nein, Mama, habe ich nicht.«

»Wie schade.« Sie tätschelte ihm kurz den Arm. »Na, wenigstens gehst du wieder unter Leute. Aber nun entschuldige mich, ich muss rasch hinüber zu Henriette.«

»Henriette?« Daniel horchte auf. Frauen mit diesem Namen gab es nicht oft. »Wen meinst du?«

Silvia deutete auf einen der Basarstände, an dem eine Frau Ende vierzig bunt bestickte Kissen zum Verkauf bot. »Na unsere Schatzmeisterin, Henriette Talbot. Erinnerst du dich nicht an sie? Sie war einige Jahre mit ihrem Mann im Ausland, aber nun ist sie geschieden und hat sich sofort bereit erklärt, sich wieder in unserem Verein zu engagieren.« Sie kicherte. »Aber die Männer müssen sich vor ihr in acht nehmen, sage ich dir. Seit sie wieder allein ist, lässt sie keinen Flirt aus. Mannstoll würde ich es nennen. Na ja, trotzdem ist sie eine gute Seele.« Sie gab Daniel einen flüchtigen Kuss auf die Wange. »Bis später dann, mein Junge!«

Silvia eilte davon und ließ Daniel einigermaßen schockiert zurück. Bei Henriette Talbot handelte es sich tatsächlich um jene Frau, die ihm auf seine Anzeige geantwortet hatte. Das Passfoto, das sie ihrem Brief beigelegt hatte, schien allerdings schon mindestens zwanzig Jahre alt zu sein.

Im Geiste strich er sie rigoros von seiner Kandidatinnenliste – und im gleichen Moment erblickte er Julia zusammen mit einem in einen eleganten Smoking gekleideten Mann an einem der Tische. Sie hatte ihn auch erkannt, deshalb blieb ihm nichts anderes übrig, als zu ihr zu gehen und sie zu begrüßen. Es war ihm etwas unangenehm, sie bei einer Verabredung zu stören. Noch mehr gegen den Strich ging ihm jedoch erstaunlicherweise, dass er sie überhaupt bei einer solchen vorfand. Über das merkwürdige Gefühl, das ihn bei ihrem Anblick beschlich, würde er später bei Gelegenheit nachdenken müssen.

»Na, so ein Zufall«, rief er jedoch betont fröhlich und trat an ihren Tisch. »Ich wusste gar nicht, dass Sie auch zum Basar kommen wollten.«

Julia lachte. »Ich ebenfalls nicht. Die Einladung kam ganz überraschend.«

Daniel musterte den Mann an Julias Seite eingehend, dann nickte er ihm zu. »Gregor, nicht wahr?«

»Kennen wir uns?«, fragte dieser überrascht.

Julia warf Daniel einen strafenden Blick zu und dieser

wehrte auch sofort ab. »Nein, entschuldigen Sie. Ich habe Sie nur aufgrund Ihres Fotos erkannt.«

»Herr Rosenbaum hat wegen eines Computerfehlers fälschlicherweise meine Zuschriften auf die Anzeige erhalten«, beeilte sich Julia die Sache zu erklären, als sie Gregors irritierte Miene sah. »Zum Glück konnten wir den Irrtum schnell aufklären, aber da hatten wir die Briefe des jeweils anderen schon geöffnet.«

»Ach so.« Gregor blickte aufmerksam und auch etwas argwöhnisch zwischen Daniel und Julia hin und her. »Wie ärgerlich.«

»Halb so wild.« Daniel winkte lachend ab. »Ich will Sie auch gar nicht länger stören.« Er wandte sich an Julia. »Zwei Zuschriften sind noch bei mir angekommen. Ich könnte sie Ihnen die nächsten Tage vorbeibringen.« Er zögerte mit einem Blick auf Gregor, der ihn noch immer wachsam musterte. »Oder ich schicke sie Ihnen per Post; Ihre Adresse kenne ich ja jetzt.«

Julia nickte. Die überraschend aufgekommene Spannung zwischen den beiden Männern war ihr nicht entgangen. »Das wäre sehr nett von Ihnen.«

Daniel lächelte verbindlich und wandte sich zum Gehen.

»Ach, warten Sie!«, hielt Julia ihn aus einem plötzlichen Impuls zurück. »Ich habe ja auch noch zwei Briefe für Sie. Vielleicht kommen Sie doch bei Gelegenheit kurz vorbei, dann kann ich Sie Ihnen gleich mitgeben.«

Überrascht sah Daniel sie an. »Also gut, wie Sie meinen. Bis dann also.« Eilig zog er sich zurück, denn Gregors Miene hatte sich zusehends verfinstert, und er hatte nun ganz deutlich das Gefühl, einen Platzhirsch in seinem Revier gestört zu haben. Er konnte Gregors Blicke in seinem Rücken geradezu spüren und war froh, als er zwischen den Verkaufsständen des Basars aus dessen Sichtfeld verschwunden war.

Die kurze Begegnung mit Daniel hatte Julia mehr aufgewühlt, als sie erwartet hatte. Dennoch ließ sie sich nichts weiter anmerken und verbannte alle Gedanken daran, so gut es ging. Sie verlebte mit Gregor einen recht vergnüglichen Abend, der ihren ersten Eindruck von ihm vollkommen bestätigte. Er war charmant, zuvorkommend und ein guter Gesprächspartner. Mehr als Sympathie empfand sie jedoch nach wie vor nicht für ihn, weshalb sie es, nachdem er sie nach Hause gebracht hatte, bei einem flüchtigen Gutenachtkuss beließ, obwohl sie annahm, dass er gerne noch mit hineingekommen wäre. Doch sie wollte auf keinen Fall etwas überstürzen, und so sagte sie ihm lediglich ein weiteres Treffen für den kommenden Samstag zu.

Nachdem das Motorengeräusch seines Sportwagens verklungen war, lehnte sich Julia gegen die Innenseite der Haustür und schloss die Augen. Was hatte sie nur geritten, Daniel zu bitten, noch einmal zu ihr zu kommen? Sie hatte überhaupt keine Zuschriften mehr für ihn erhalten. Was um alles in der Welt sollte sie ihm bloß sagen?

Seufzend stieß sie sich von der Tür ab und zuckte zusammen, als im selben Moment ihr Telefon klingelte. Mit einem Blick auf die Uhr – es war bereits weit nach Mitternacht – nahm sie den Hörer. »Ja, Chrissi, was willst du? Hast du mal auf die Uhr ...?«

»Sag schon, wie war es? Was habt ihr gemacht? Du musst

mir alles erzählen – ich will Details hören!«, schallte es fröhlich in ihr Ohr.

Julia verdrehte die Augen. »Wann schläfst du eigentlich?«

Christine lachte. »Nicht, solange mein Sohn mich jede Nacht viermal weckt. Also los, rede schon! Wie war das Date mit Gregor?«

9. Kapitel

»Braver Hund.« Elf-Siebzehn, der sonst für die Pflege der Rentiere zuständig war, tätschelte Nick liebevoll den Kopf. »Hast du verstanden, was Santa Claus vorhat?«

Nick schleckte sich über die Schnauze, an der noch Krümel eines großen Leckerlis klebten, und nickte dann.

»Glaubst du, du schaffst das, Nick?«

Der Hund nickte erneut und leckte dem Elf freundlich über den Handrücken. Elf-Siebzehn lachte. »Also gut, dann muss ich jetzt wieder los. Und denk daran, Santa Claus verlässt sich auf dich.«

»Wuff«, machte Nick und rollte sich auf der Decke, die Daniel ihm ins Wohnzimmer gelegt hatte, zusammen. Dann hob er jedoch lauschend den Kopf, als er den Schlüssel im Schloss der Haustür hörte, und wedelte mit dem Schwanz.

Elf-Siebzehn legte rasch einen Finger an die Lippen, ging zum Fenster und schlüpfte leise hinaus.

»Was sollte das denn?«

Santa Claus zuckte erschrocken zusammen, als er die

Stimme seiner Frau hinter sich vernahm. Schuldbewusst blickte er sich zu ihr um.

Sie maß ihn mit strengen Blicken. »Hatten wir nicht vereinbart, dass du dich nicht mehr in die Angelegenheiten der beiden einmischst?«

Er nickte zerknirscht. »Hatten wir.«

»Und warum war dann Elf-Siebzehn gerade in der Wohnung dieses jungen Mannes?«

»War er?«

Sie stemmte die Hände in die Seiten. »Tu nicht so unschuldig! Ich bin doch nicht dumm. Ich habe genau gesehen, dass er dort war.« Sie deutete auf einen der Videobildschirme, auf dem nun Daniel zu sehen war, der von seinem Hund freudig begrüßt wurde. »Also, was sollte das?«

10. Kapitel

Erschöpft schlug Julia den Kragen ihres Mantels hoch und schlang sich den bunten Wollschal zweimal um den Hals. Dann zog sie die Tür hinter sich zu und ging mit großen Schritten in Richtung Stadtpark. Sie musste unbedingt frische Luft schnappen. Nach einem anstrengenden Arbeitstag, der wieder einmal sehr früh begonnen hatte, brauchte sie dringend etwas Abwechslung. Das kalte, neblige Novemberwetter spiegelte ihre momentane Stimmung nur allzu genau wider. An den vergangenen beiden Tagen hatte sie sich mit zwei weiteren Kandidaten aus ihren Zuschriften getroffen und in beiden Fällen herbe Enttäuschungen erlebt. Der eine, ein gewisser Jürgen, hatte sich bei ihr stundenlang über seine Exfreundin ausgeweint und ihr dann einen recht eindeutigen Vorschlag gemacht, wie sie ihn von seinen seelischen Leiden ablenken könnte. Der andere – Franko – hatte sich gar nicht erst mit der Vorspiegelung einer kürzlich gescheiterten Beziehung aufgehalten und sie, kaum dass sie aus dem chinesischen Lokal, in dem sie gegessen hatten, heraus gewesen waren, derart bedrängt, dass sie auf die Kenntnisse eines lange zurückliegenden Selbstverteidigungskurses zurückgreifen musste, um ihn sich vom Hals zu halten.

Nun hatte sie fürs Erste genug von Männerbekanntschaften. Als sie den großen Stadtpark erreichte, begann es leicht zu nieseln, dennoch bog sie auf den gekiesten Weg ein, der hinunter zu den Ententeichen führte. Bei diesem Wetter würde sie wenigstens niemandem begegnen, dachte sie und erschrak, als sie plötzlich das wilde Geheul eines Hundes vernahm. Im nächsten Moment preschte eine riesige schwarzgraue Fellkugel auf sie zu, bremste im letzten Moment ab, schlidderte ein Stückchen über den Kies und kam direkt vor ihren Füßen zum Stehen.

»Nick!«, hörte sie von irgendwoher eine Männerstimme rufen. »Nick, verdammt, wo bist du? Komm sofort wieder her!«

Der Hund blickte zwar kurz über die Schulter, machte jedoch keinerlei Anstalten, auf die Rufe seines Herrchens zu hören. Julia, die aufgrund der ihr inzwischen bekannten Stimme bereits ahnte, wer ihr da gegenübersaß, beugte sich zu dem Hund hinab. »Guten Tag, Nick. Du bist also der Lockvogel für potentielle Damenbekanntschaften?«

Nick hechelte mit freundlichem Gesicht und hob die rechte Vorderpfote. Julia lachte und ergriff sie.

»Nick!« Daniel bog um eine Baumgruppe und blieb verblüfft stehen, als er Julia erblickte, die seinem Hund den Kopf tätschelte. Noch mehr verblüffte ihn jedoch, dass der Hund sich dies ohne Protest und ohne wildes Gebaren gefallen ließ. »Guten Tag, Julia.« Er kam langsam näher. »Wie ich sehe, haben Sie das Wunder vollbracht, diesen Hund zu bezähmen.«

»Warum das?« Sie richtete sich auf und musterte ihn neugierig. Er trug wie sie einen dicken Mantel, seine Beine steckten in verfleckten Jeans – offenbar Nicks Werk, denn die Schlammspritzer schienen ganz frisch zu sein. »Gehorcht er Ihnen noch immer nicht? Dann sollten sie ihn vielleicht besser nicht von der Leine lassen.«

Daniel schüttelte den Kopf. »Er gehorcht mir aufs Wort – wenigstens so lange, bis er eine Frau sieht. Dann dreht er regelmäßig durch.« Er lächelte. »Außer bei Ihnen.«

Julia lächelte ebenfalls. »Na, so eine Ehre.« Sie strich Nick noch einmal sanft über den Kopf. »Gehen Sie regelmäßig hier spazieren?«

»Das tue ich«, antwortete er. »Nick zuliebe.« Er betrachtete aufmerksam ihr Gesicht. »Ich kann mir das Wetter für einen Spaziergang nicht aussuchen, aber was führt Sie bei diesem Regen in den Park?« Er zögerte kurz. »Sie sehen ein bisschen angegriffen aus.«

Ihr Lächeln schwand. »So fühle ich mich auch, weil ich in den letzten Tagen einsehen musste, dass mein Vater womöglich doch recht hatte.« Sie rümpfte die Nase. »Männer sind Schweine.«

»Oha.« Daniel zog instinktiv den Kopf zwischen die Schultern. »Wie gut, dass ich keiner bin …«

Julia winkte ab. »Sie können ja nichts dafür. Ich hatte nur zwei missglückte Dates … mit Franko und Jürgen«, setzte sie nach einem Moment hinzu. »Letzteren hatten sogar Sie mir ans Herz gelegt, nicht wahr?«

»Er war also eine Niete?« Betroffen verzog Daniel die Lippen. »Asche auf mein Haupt.«

»Ach was.« Nun rang sich Julia doch wieder zu einem Lächeln durch. »Hellsehen können Sie schließlich auch nicht, um zu wissen, dass er mir zum Trost für seine gescheiterte Vorbeziehung an die Wäsche wollte.«

Daniel hob alarmiert den Kopf. »Hat er Sie bedrängt?«

Julia schüttelte den Kopf. »Nicht wirklich. Das hat dann tags darauf der schöne Franko versucht.«

»Schwein!«

»Sagte ich das nicht schon?« Sie zuckte mit den Schultern. »Ich musste ihn leider auf schmerzhafte Weise mit meinem Knie bekanntmachen, das hat ihn von seinen Gelüsten kuriert.«

»Autsch.« Daniel zuckte zusammen. »Sie sind ja richtig gefährlich!«

Sie lachte. »Nur wenn mir jemand ungebeten zu nahe kommt.« Sie blickte zum Himmel, aus dem immer größere Regentropfen fielen. »Ich glaube, wir sollten uns ein trockenes Plätzchen suchen, meinen Sie nicht auch?«

»Da ist was dran«, stimmte Daniel zu. »Haben Sie etwas Zeit? Dann könnten Sie mich kurz zu mir nach Hause begleiten und sich Ihre Zuschriften mitnehmen. Es ist auch nicht weit.«

»Warum nicht.« Julia zog sich die Kapuze ihres Mantels fester ums Gesicht und folgte Daniel und Nick dann durch den Park zu einem Seitenausgang, der in eine ruhige Nebenstraße führte. Vor einem großen Mehrfamilienhaus blieb er stehen. »Hier ist es.« Er schloss die Tür auf und ließ ihr den Vortritt. »Erster Stock.«

Neugierig sah sich Julia in Daniels Wohnung um. Sie war großzügig geschnitten und recht gemütlich mit alten, zum Teil schon recht abgeschabten Möbeln eingerichtet. Und sie war erstaunlich aufgeräumt, sah man einmal von einigen T-Shirts ab, die über einer Sessellehne hingen und einem Paar ausgelatschter Turnschuhe, die quer im Flur lagen.

Daniel kickte sie kurzerhand unter ein Regal, raffte die Shirts zusammen und warf sie durch eine Tür, die er danach sofort wieder verschloss. Mit einem schiefen Lächeln deutete er auf die Couch. »Setzen Sie sich doch. Kaffee?« Er zwinkerte ihr zu. »Nein, keine Umstände. In der Küche steht noch eine fast volle Kanne.«

Wenig später saßen sie mit großen Kaffeebechern in den Händen nebeneinander auf der Couch und betrachteten die beiden letzten Zuschriften.

»Der hier nicht«, meinte Julia und deutete auf den rechten Brief. »Von solchen Anspielungen, wie er sie macht, habe ich erst einmal genug.«

»Verständlich«, meinte Daniel und nickte. »Aber der andere klingt nett, meinen Sie nicht?« Aufmerksam sah er sie von der Seite an, und Julia spürte eine leichte Gänsehaut auf ihrem Rücken. Um sich ihre plötzliche Nervosität nicht anmerken zu lassen, legte sie abwägend den Kopf auf die Seite und hielt ihren Blick fest auf den Brief gerichtet.

»Schon möglich. Aber haben Sie das Foto gesehen?«

Als er nicht gleich antwortete, hob sie doch den Kopf und begegnete seinem intensiven Blick. Verlegen faltete sie die Hände im Schoß. »Es sieht aus, als habe er das Bild in der Mitte auseinandergeschnitten. Und ich wette, die andere Hälfte zeigt seine Frau oder Freundin.«

»Das wäre möglich«, sagte er mit leicht belegter Stimme.

Schnell richtete sie ihr Augenmerk wieder auf den Briefbogen. »Das hätte mir schon bei Jürgen auffallen müssen. Er sieht sich insgeheim noch immer als Hälfte eines Paares.«

Daniel lächelte. »An Ihnen ist wirklich eine Psychologin verlorengegangen.«

»Nein.« Energisch schüttelte Julia den Kopf. »Aufgrund meiner letzten Erfahrungen möchte ich nur zukünftig all jene Männer ausschließen, die ganz offensichtlich beziehungsgeschädigt sind ... oder es für ihre Zwecke zu sein vorgeben.«

»Vielleicht hatte er auch einfach gerade kein anderes Foto zur Hand.«

Julia winkte ab. »Und ist nicht einmal bereit, die paar Kröten für ein neues Passfoto auszugeben? Vielen Dank.« Mit einem Klacken stellte sie ihren Kaffeebecher auf dem Tisch ab und stand auf. »Ich denke, ich sollte jetzt gehen. Bestimmt haben Sie noch zu tun, und ich ...« Sie brach ab, als er ebenfalls aufstand und ihr nun sehr dicht gegenüberstand.

»Sie fliehen?«, fragte er lächelnd und hob die Hand, berührte sie jedoch nicht. »Wovor?«

Julia schluckte. Ihr fiel partout keine Antwort darauf ein, und zurückweichen konnte sie auch nicht, da sie sonst über Nick gestolpert wäre, der sich von hinten gegen ihre Beine drängte und sie mit seiner feuchten Nase anstupste.

Erstaunt sah Daniel auf den Hund hinab. »Er scheint sie tatsächlich zu mögen.« Um ihr etwas Luft zu verschaffen, trat er zwei Schritte zurück und begleitete sie dann zur Haustür. »Ich werde bei Gelegenheit noch einmal bei Ihnen vorbeischauen und mir meine Zuschriften abholen, wenn es Ihnen recht ist.«

»Ja, sicher.« Julia nickte, doch dann stieg ihr die Hitze ins Gesicht. »Ich meine – nein.«

»Nein?«

Sie biss sich auf die Unterlippe. »Also, nicht dass es mir nicht recht wäre, verstehen Sie mich nicht falsch. Aber ich ... also ...« Sie verzog kläglich das Gesicht. »Ich habe gar keine Zuschriften mehr für Sie. Das war ... ähm ...«

Daniel starrte sie überrascht an. »Eine Lüge?«

»Ich glaube, so sagt man dazu.«

»Warum?« Er runzelte die Stirn. »Für Ihren Gregor?«

»Er ist nicht mein Gregor!«

»Wollten Sie ihn testen? Vielleicht ein bisschen eifersüchtig machen?«

»Aber nein, so ist es doch gar nicht.«

»Vielen herzlichen Dank!« Mit zorniger Miene warf er ihr die Tür vor der Nase zu.

»Verflucht!« Wütend über sich selbst stampfte Julia mit dem Fuß auf, dann drehte sie sich um und rannte die Treppe hinab, stieß die Haustür auf und lief eilig den Weg zum Park zurück.

»Verdammt noch mal!« Zornig hieb Daniel mit der Faust aufs Fensterbrett.

Nick jaulte leise hinter ihm, doch er beachtete den Hund

nicht, sondern starrte hinunter zur Straße. Warum hatte er nur so unsinnig überreagiert? Julia war schließlich nicht Tina, und er hatte ihr nicht einmal die Möglichkeit gegeben, diese Sache aufzuklären. Wahrscheinlich hatte sie einen guten Grund gehabt, zu behaupten, er habe noch zwei weitere Briefe erhalten. Daniel fluchte erneut, als er sich das kurze Gespräch auf dem Basar ins Gedächtnis zurückrief. War es möglich, dass sie ihm auf diese Weise einfach nur einen Grund verschaffen wollte, noch einmal bei ihr vorbeizukommen? »Ich bin ein dämlicher Esel«, stöhnte er, wandte sich vom Fenster ab und ließ sich auf den Boden sinken. Sofort kam Nick herbei und leckte ihm neugierig über Gesicht und Hände.

Geistesabwesend kraulte Daniel den Hund am Hals und überlegte, was er nun tun sollte.

Julia knallte die Haustür hinter sich zu, warf die beiden Briefe in den Karton, in dem sie das Altpapier sammelte, und schlurfte dann mit hängenden Schultern in die Küche. Sie ließ sich auf einen der Stühle an ihrem quadratischen Küchentisch sinken und stützte den Kopf in die Handflächen. Sie fühlte sich so …

»Blöd! Dämlich!«, murmelte sie und rieb sich über die Augen. Sie hörte ein leises Kratzen an der Hintertür und ließ seufzend ihre beiden Stubentiger herein, die sich beide maunzend und mit feuchtem Fell an ihre Beine schmiegten und sich dann in ihren gemütlichen Weidenkorb verzogen.

»Hätte ich doch bloß nichts gesagt!«, schimpfte sie vor sich hin und riss die Kühlschranktür auf. Wahllos nahm sie ein paar Eier und Schinken heraus, setzte Wasser auf und legte eine Packung Nudeln neben den Herd. »Dass er aber auch gleich so heftig reagiert«, redete sie weiter und schüttelte gleichzeitig den Kopf über sich, weil sie Selbstgespräche führte. Aber wen kümmerte es schon? Hatte Daniel Rosenbaum wirklich gedacht, sie habe ihn angelogen, um Gregor eifersüchtig zu machen?

Als das Wasser zu kochen begann, schüttete sie die Nudeln hinein, gab Salz dazu und beobachtete, wie heißer Wasserdampf aus dem Topf aufstieg. Aber warum hatte er ihr daraufhin so grob die Tür vor der Nase zugeworfen? Das konnte doch nur bedeuten ... »Dass ich mich nicht getäuscht habe«, sagte sie laut und schlug ein paar Eier in die Pfanne, mischte sie mit dem Schinken zu einem etwas eigenwilligen Omelette und füllte dann alles auf einen großen Teller. Da war etwas zwischen ihnen gewesen, sie war sich jetzt ganz sicher. Auch wenn sie schon mehr als zwei Jahre allein war, so ganz hatte sie ihre Antennen doch noch nicht verloren. »Aber jetzt hast du es dir ja gründlich verscherzt«, knurrte sie, gab die Nudeln in ein Sieb und schaufelte sich dann eine große Portion davon auf ihren Teller.

Gerade als sie diesen auf dem Tisch platziert hatte, hörte sie vor dem Haus das Brummen eines Motors.

»O nein, kein Besuch jetzt bitte!« Verärgert sah sie sich in der etwas unordentlichen Küche um und wischte sich rasch die Hände an ihrer Jeans ab. Augenblicke später klingelte es.

»Wehe, du bist das, Chrissi«, brummelte sie und öffnete die Haustür. Verblüfft blickte sie auf eine Flasche Rotwein und dann auf Daniel, der sie ihr mit einem zerknirschten

Lächeln hinhielt. Neben ihm saß Nick und blickte sie mit einem breiten Hundelächeln an.

»Blumen konnte ich auf die Schnelle leider nicht auftreiben«, sagte er. »Aber die hier tut es vielleicht auch. Dürfen wir reinkommen? Ich meine, auch ohne Briefe?«

Schweigend trat Julia zur Seite, so dass zuerst Nick, dann Daniel ins Haus kommen konnten. Nick sauste sofort ins Wohnzimmer, und im nächsten Moment waren lautes Miauen und Fauchen zu vernehmen.

»Oh, oh!« Julia rannte ebenfalls ins Wohnzimmer und blieb dort wie angewurzelt stehen.

Hinter sich hörte sie Daniels Schritte. »Liebe Zeit«, sagte er. »Die haben sich aber schnell geeinigt.«

Nick hatte offenbar mit einem Satz den Katzenkorb erobert und dessen eigentliche Besitzer lagen nun links und rechts von ihm auf dem Teppich und taten, als seien Hund wie Korb Luft für sie.

»Wenn wir Menschen uns nur auch so leicht verstehen würden«, murmelte er, und Julia spürte plötzlich seinen Atem in ihrem Nacken.

Da ihr Herz mit einem Mal heftig pochte, wagte sie es nicht, sich zu ihm umzudrehen. »Ich hatte nicht vor, Gregor eifersüchtig zu machen«, sagte sie stattdessen und wollte einen Schritt von ihm weg machen.

Daniel hielt sie jedoch an den Schultern fest und drehte sie sanft zu sich herum. »Dafür war ich es, als ich dich mit ihm auf dem Basar gesehen habe.«

»Was warst du?« Atemlos blickte sie in seine dunklen Augen, in denen sie sich zu spiegeln meinte.

»Eifersüchtig«, antwortete er leise und zog sie an sich.

Dann lächelte er sie an. »Eigentlich sollte ich nicht hier sein.«

»Warum nicht?«

Daniel küsste sie zärtlich. »Weil ich auch beziehungsgeschädigt bin.«

»Schlimm?«, raunte sie und legte ihm ihre Arme um den Hals.

Er zuckte leicht mit den Schultern. »Schlimm genug, um eigentlich für dich nicht in Frage zu kommen.«

»Schade.« Julia lächelte. »Aber vielleicht kann ich mich durchringen, bei dir eine Ausnahme zu machen.«

Sie küssten sich erneut, und für eine geraume Weile wurde alles andere unwichtig.

11. Kapitel

»Schön!« Santa Claus rieb sich die Hände und schaltete dann diskret den Monitor ab, auf dem sich gerade Dinge abspielten, die ihn nun wirklich nichts angingen. »Sehr schön«, wiederholte er zufrieden und ein breites Lächeln sträubte seinen weißen Bart. »Ich wusste doch, dass das funktioniert. Zwei glückliche Menschen so kurz vor Weihnachten. Hach, wenn das doch auf der ganzen Welt so einfach wäre!«

»Santa?«, schnarrte in diesem Moment die Stimme von Elf-Eins aus der Gegensprechanlage. »Santa, bist du im Büro? Wir brauchen dich noch einmal bei den Plüschtieren. Es gibt da ein Problem mit einer Doppellieferung ...«

»Komme schon, komme schon«, brummte der Weihnachtsmann fröhlich, warf sich seinen roten Mantel über und eilte hinüber zu seiner Weihnachtsgeschenkfabrik, die wie immer um diese Jahreszeit von Geschäftigkeit erfüllt und mit unzähligen bunten Lichtern geschmückt war. Und so sah er auch nicht, was sich auf einem der anderen Bildschirme tat. Hätte er es gesehen, wäre ihm sofort aufgefallen, dass sein schöner Plan soeben gefährlich ins Wanken geriet.

12. Kapitel

»Sag mal, kann es sein, dass dein Magen knurrt?«, fragte Daniel mit einem amüsierten Lächeln und zog die Decke über ihren weitgehend unbekleideten Körpern zurecht.

Julia hatte ihren Kopf an seine Schulter gebettet und nickte leicht. »Ich hatte mir gerade eine Kleinigkeit zu essen gemacht, als du gekommen bist.«

»Reicht, was auch immer es ist, auch für zwei?«

Julia lachte. »Wahrscheinlich schon, aber die Nudeln sind doch längst kalt geworden.«

»Das kann man doch ändern.« Daniel richtete sich auf und blickte sich suchend nach seiner Hose um. Als er sie am Boden gefunden hatte, schlüpfte er rasch hinein. »Bleib du ruhig liegen. Ich bin ein Meister im Aufwärmen von Lebensmitteln.« Er grinste und ging beschwingt hinüber in die Küche.

Julia ließ sich in ihre Kissen zurücksinken und lächelte versonnen, fuhr jedoch erschrocken hoch, als sie Daniels lautes

Gelächter vernahm. Sekunden später erschien er mit einem leeren Teller und einer ebensolchen Pfanne in der Schlafzimmertür. »Nick und deine Katzen haben unsere – äh – Abwesenheit genutzt, um das Abendessen zu vertilgen«, meinte er lächelnd. »Nur eine Handvoll Nudeln haben sie uns freundlicherweise übriggelassen.«

»Ach herrje.« Verblüfft sah sie ihn an. Hinter ihm tauchte nun Nick auf, leckte sich die Schnauze und sah sie mit treuem Hundeblick an. »Böser Hund!«, schimpfte sie halbherzig, konnte sich das Lachen jedoch kaum verkneifen.

Daniel trug das Geschirr zurück in die Küche und kam stattdessen mit dem Telefon zurück. »Es scheint, als bliebe uns jetzt nur noch der Pizza-Service«, sagte er, ließ sich wieder neben Julia auf das Bett gleiten und wählte gleichzeitig eine Nummer. »Ja, hallo? Hier Rosenbaum – äh – Sasse.« Er hielt inne und lachte dann. »Rosenbaum bei Sasse. Ja, Luigi, ich bin es. Ich möchte gerne etwas bestellen. Ja, genau, große Pizza mit allem außer Sardellen, dafür mit doppeltem Käse.« Er blickte Julia fragend an und sie nickte rasch. »Zweimal«, sagte er und nannte die Adresse. Nachdem er das Gespräch beendet hatte, grinste er jungenhaft. »Halbe Stunde Pizza fertig«, sagte er mit übertriebenem italienischem Akzent.

Julia kicherte. »Und nun reden Luigi mit alle Freunde über neue Signorina von Rosenbaum?«, fragte sie im selben Tonfall.

Überrascht sah er sie an. »Das ist gut möglich. Sein Neffe ist mit einer meiner Cousinen verheiratet.« Er schwieg einen Moment. »Stört dich solches Gerede?«

Julia schüttelte den Kopf und zog ihn lächelnd näher zu

sich heran. Sanft berührte sie mit den Lippen seine Wange, danach seinen Mund. »Ich hatte ehrlich gesagt gehofft, das würde ihn noch etwas länger als eine halbe Stunde ablenken …«

»Ach nein!« Christine sah Julia mit großen Augen an. »Sag bloß, du bist verliebt.«

»War das nicht die Absicht hinter der Anzeige?« Leise vor sich hinsummend ging Julia um den Kombi ihrer Schwester herum, öffnete den Kofferraum und zog den überdimensionalen Adventskalender hervor, der aus einem künstlichen Tannenbaum bestand, an dem unzählige mit Zahlen und Namen versehene bunte Päckchen hingen. »Fass mal mit an! Die Bodenplatte mit dem Halter ist verflixt schwer.«

Sofort eilte Christine ihr zu Hilfe, und gemeinsam trugen sie den Baum zum Gebäude des Kindergartens. Nachdem der Hausmeister sie eingelassen und sie den Baum im Gruppenraum abgesetzt hatten, strich Christine sich ihren Pullover glatt und musterte ihre Schwester aufmerksam. »Das ging jetzt aber ziemlich schnell, meinst du nicht? Du wolltest dich doch gar nicht wirklich verlieben. Nein, gib es schon zu! Ich kenne dich. Die Anzeige hast du doch nur mir zuliebe aufgegeben.« Sie verzog die Mundwinkel und blinzelte. »Damit deine nervige kleine Schwester endlich Ruhe gibt.«

Julia lachte. »Diese Wohltat wird mir wahrscheinlich niemals zuteilwerden.«

Gespielt beleidigt reckte Christine das Kinn. »Na ja, nicht jedenfalls, solange ich dich nicht glücklich versorgt weiß.« Sie schwieg einen Moment. »Und wie geht es jetzt weiter?«

Julia ging ihr voraus wieder auf den Parkplatz. »Na, wie schon? Wir treffen uns heute Abend bei ihm und sehen uns vielleicht einen Film an.«

»Vielleicht?«

»Wenn uns nichts Besseres einfällt.«

»Julia Maria Sasse! Bleib anständig!« Christine hob mahnend den Zeigefinger, lachte dann aber fröhlich auf. »Vergiss es! Was auch immer ihr tut, habt viel Spaß dabei.«

»Worauf du dich verlassen kannst.« Julia zwinkerte ihrer Schwester zu. »Aber jetzt sollten wir uns beeilen; ich muss nämlich noch arbeiten.«

»Geht mir ähnlich.«

Die beiden Frauen stiegen in den Kombi und fuhren den kurzen Weg zurück. Vor Julias Haus hielt Christine den Wagen an. »Sag mal, hast du eigentlich mal was von Timo gehört? Wollte er nicht zu Weihnachten wieder im Lande sein?«

»Das hatte er wohl vor«, antwortete Julia. »Aber du kennst doch unseren Bruder. Wenn er die Studienreise noch verlängern kann, wird er das ganz bestimmt tun. Sein Lehrauftrag an der Uni beginnt doch erst im März.«

»Trotzdem könnte er sich ruhig mal melden«, maulte Christine. »Schließlich muss ich doch wissen, für wie viele Personen ich die Weihnachtsfeier vorbereiten muss.«

Daniel war gerade dabei, seinen Staubsauger im Wandschrank zu verstauen, als es klingelte. »Oh.« Er warf einen raschen Blick auf seine Armbanduhr. »Ein bisschen zu früh.« Mit einem breiten Lächeln öffnete er die Tür. »Peter!« Verblüfft ließ er seinen Freund ein. »Was machst du denn hier?«

»Na was, darf dein ältester Freund dich vielleicht nur nach telefonischer Voranmeldung besuchen?« Peter stieß ihn grinsend an.

Daniel verzog jedoch nur die Mundwinkel. »Besser wäre es.«

»Ach?« Neugierig sah sich Peter in der Wohnung um und erkannte sofort die Bemühungen seines Freundes, Ordnung zu schaffen. »Putzeimer, Staublappen ...« Er öffnete die Tür zum Bad und warf einen kurzen Blick hinein. »Frische Handtücher?« Feixend musterte er Daniel. »Du erwartest Damenbesuch.« Ohne zu fragen, ging er ins Wohnzimmer und riss dort die Tür zum Schlafzimmer auf. »Ha! Neue Bettwäsche. Der Damenbesuch soll also sogar hier nächtigen. Herr Rosenbaum, ich bin erstaunt. Woher der plötzliche Sinneswandel? Oh, lass mich raten: diese Bibi, nicht wahr? Oder doch – wie war ihr Name – Anette?«

»Du bist auf dem Holzweg.« Nach einem weiteren Blick auf die Uhr raffte Daniel schnell die Putzutensilien zusammen und verstaute sie in einem der Küchenschränke. »Und ich wäre dir sehr dankbar, wenn du die Fliege machen würdest. Ich erzähle dir später ...«

»Nee, nee, auf keinen Fall«, unterbrach Peter ihn. »Erwartest du sie gleich?« Nun schaute auch er auf die Uhr. »Um sieben? Dann werde ich sie mir gleich mal ansehen, wenn du erlaubst.«

»Ungern.«

»Warum, stimmt etwas nicht mit ihr?« Überrascht hob Peter die Augenbrauen.

Daniel winkte ab. »Ich will sie bloß nicht gleich mit jemandem wie dir verschrecken.«

»Pfff!« Strafend sah Peter ihn an. »Sag schon, wer ist sie?«

Daniel seufzte resigniert und begann sich umzuziehen, während er sprach. »Julia Sasse, die Frau, die versehentlich meine Anzeigenzuschriften bekommen hat. Ich hab es dir doch erzählt.«

»Julia Sasse?« Verblüfft starrte Daniel sie an. »Die Steuerberaterin Julia Sasse?«

»Kennst du sie?«

Peter lachte schallend. »Und wie! Oder eigentlich kennt sie mich besser als umgekehrt. Sie kümmert sich seit vergangenem Jahr um meine Steuererklärung.« Er wurde wieder ernst. »Und sie hat also auch eine Anzeige aufgegeben? Verstehe ich gar nicht. Ich meine, so wie sie aussieht ...«

»Ihre Schwester hat sie wohl dazu genötigt.«

»Dein Glück, Mann.« Anerkennend klopfte Peter seinem Freund auf die Schulter. Er blickte sich nach Nick um, der genüsslich an einem Knochen herumnagte. »Und was hält er von ihr?«

»Liebe auf den ersten Blick, würde ich sagen.« Daniel lächelte versonnen, so dass Peter ihn überrascht musterte. »Bis auf Julia hat er alle anderen Kandidatinnen verjagt.«

»Kluger Hund.« Peter grinste.

In diesem Moment klingelte es.

»Dann werde ich mich mal verkrümeln«, meinte er und öffnete die Tür. »Guten Abend, Frau Sasse. Schön, Sie mal wiederzusehen.«

Julia starrte ihn verblüfft an. »Herr Wigand?«

»Jawoll.« Peter salutierte zackig, dann sah er sie neugierig an. »Hast du ein Glück«, sagte er über die Schulter. Wieder wandte er sich an Julia. »Sie aber auch.« Er nickte ihr kurz zu. »Einen schönen Abend wünsche ich.« Er grinste. »Das muss ich sofort Carmen erzählen!«

Erschöpft, aber glücklich parkte Julia ihren Wagen vor dem Haus. Der Wochenendeinkauf hatte sich stressiger als sonst gestaltet, denn so kurz vor dem zweiten Advent schien alle Welt in einen Kaufrausch geraten zu sein. Ihr schwirrte der Kopf von all den Lichtern, Weihnachtsliedern aus Kaufhauslautsprechern und den Menschenmassen, die die Innenstadt heimgesucht hatten. Während sie die Haustür aufschloss, freute sie sich in Gedanken schon auf einen ruhigen, entspannenden Abend in der Badewanne.

Daniel musste leider heute lange arbeiten, aber nachdem sie in der vergangenen Woche jeden Abend miteinander verbracht hatten, schadete eine kleine Pause sicher auch nicht.

Julia stellte ihren Einkaufskorb und eine Papiertüte auf dem Küchentisch ab und wollte gleich noch einmal zurück zum Auto gehen, um den Rest der Lebensmittel hereinzuholen. Sie war trotz des Andrangs durch mehrere Supermärkte gezogen, um ausreichend Zutaten für ihr berühmtes Früchtebrot zusammenzubekommen. Daniel hatte sie für die kommende Woche zum Beginn des Chanukka-Festes eingeladen, um ihr bei der Gelegenheit auch gleich seine chaotische Mischpoke, wie er sie nannte, vorzustellen. Sie freute sich schon darauf und hatte angeboten, für das Festessen eine ihrer vorweihnachtlichen Spezialitäten zu backen.

Sie eilte durch den Flur und blieb plötzlich wie angegossen stehen. Überrascht starrte sie auf die braune Reisetasche, die ihr erst jetzt auffiel, obwohl sie genau vor dem Treppenaufgang lag.

Sofort erfasste sie deren Bedeutung, warf die Haustür ins Schloss und rannte mit großen Schritten die Stufen ins obere Geschoss hinauf. »Timo?«, rief sie und riss schwungvoll die Tür zum Schlafzimmer ihres Bruders auf. Sie fuhr jedoch erschrocken zurück, als sie vor sich eine schlanke schwarzhaarige Frau erblickte, die nur in ein zartes Nichts von Unterwäsche gehüllt war.

»Oops!« Die Fremde sah sie verblüfft an und griff dann seelenruhig nach ihrer Jeans. »Sie müssen Julia sein.«

»Äh, ja.« Julia sah sich um. »Und Sie sind ...?«

»Hallo, Schwesterchen!« Aus dem angrenzenden Badezimmer tauchte Julias Bruder Timo auf – ebenfalls nur mit Boxershorts bekleidet – und strahlte sie an. »Na, ist das eine Überraschung? Wie geht es dir?« Er trat neben die mittlerweile bekleidete Schwarzhaarige und legte ihr einen Arm um die Schultern. »Darf ich vorstellen – das ist Klarissa, meine äh ...« Er sah die junge Frau fragend an. »Darf ich es ihr schon verraten?«

Klarissa lächelte. »Mach nur, du kannst es ja doch nicht für dich behalten.«

Timo grinste. »Also gut. Julia, dies ist Klarissa, meine zukünftige Frau.«

»Ach.« Mehr brachte Julia im ersten Moment nicht heraus. Doch dann lächelte sie erfreut. »Moment mal, sind Sie nicht ... Ich meine, bist du nicht ...?«

»Eine ehemalige Klassenkameradin von Timo, ja.« Klarissa knuffte ihren Verlobten in die Seite. »Damals konnten wir uns zugegebenermaßen nicht sonderlich gut leiden.« Sie lächelte glücklich. »Das hat sich allerdings grundlegend geändert, als wir uns im Flieger nach Buenos Aires wiedertrafen und feststellten, dass wir uns nicht nur in derselben Studiengruppe befanden, sondern auch noch gezwungen waren, wegen eines Computerfehlers ein Zimmer im Hotel zu teilen.«

»Ja, dann bleibt mir wohl nichts anderes übrig, als euch zu gratulieren.« Julia trat auf ihren Bruder zu und umarmte ihn.

»Ich hoffe, es stört dich nicht, dass wir dich so unangemeldet überfallen?«, fragte er.

Julia winkte ab. »Ach was. Ich freue mich doch, dass ihr hier seid. Und immerhin ist dies ja auch dein Haus.«

Timo schüttelte den Kopf. »Dein Haus, mein Zimmer. Aber sag mal, wem gehören denn die Jeans und die zweite Zahnbürste im Bad?«

Julia verzog etwas verlegen die Lippen, doch dann lächelte sie wieder. »Die gehören Daniel.«

»Daniel wer?«

»Daniel Rosenbaum.«

»Von der Elektrofirma?«, fragte Klarissa.

Verblüfft sah Julia sie an. »Kennst du ihn?«

Klarissa nickte. »Ein bisschen. Sein bester Freund Peter ist mit meiner Schwester verheiratet.«

»Jetzt schlägt's aber dreizehn!«, rief Julia. »Die Welt ist ja wirklich klein.«

»Ja, ja, ein Kuhdorf.« Ungeduldig winkte Timo ab. »Jetzt erzähl mir erst mal Einzelheiten, Schwesterchen. Warum weiß ich noch nicht, dass sich dieser Daniel während meiner Abwesenheit das Recht erworben hat, seine Klamotten hier zu deponieren?«

Julia lächelte und setzte sich auf seinen Wink hin auf die Bettkante. »Das liegt daran, dass wir uns noch nicht so lange kennen. Erst seit ich diese Kontaktanzeige aufgegeben habe ...«

»Kontaktanzeige?«, echote Timo erstaunt.

»Zu der mich Chrissi angestiftet hat«, fuhr Julia fort.

»Ach, wer sonst?«, stöhnte er.

»... und es diesen Stromausfall gab ...«

»Hä?«

»... aufgrund dessen die Chiffre-Nummern unserer Anzeigen vertauscht wurden ...«

»Halt mal!« Timo hob beide Hände. »Ich glaube, es ist besser, ich koche uns einen Kaffee, und dann erzählst du uns alles schön der Reihe nach.«

13. Kapitel

Gerade als Julia sich in der Badewanne wohlig ausgestreckt hatte, klingelte ihr Telefon. Seufzend griff sie danach. »Sasse?«

»Julia? Hallo, ich bin's«, meldete sich Daniel. Im Hintergrund surrte etwas, das wie eine Bohrmaschine klang. »Störe ich dich?«

»Überhaupt nicht«, antwortete sie lächelnd. »Bist du noch auf der Baustelle?«

Daniel lachte. »Hört man das? Ja, ich bin noch bei der Arbeit. Hör mal, ich habe da ein Problem – oder besser eine schlechte Nachricht.«

»So?« Alarmiert richtete Julia sich auf und griff nach dem Handtuch, um sich die Hände abzutrocknen. »Ist etwas passiert?«

»Tja, etwas Blödes.« Daniel klang zerknirscht. »Wir werden uns leider in den nächsten zwei Wochen nicht sehen können. Nachdem mein Vater diesen Großauftrag erhalten hat, bekamen wir heute die Fristen und Termine, zu denen die Arbeiten fertig sein sollen. Sie liegen leider so eng, dass wir alle zusammen in Doppelschichten arbeiten müssen, um das zu schaffen. Das Hotel soll zu Weihnachten eröffnet werden, und bis dahin muss noch die gesamte Sicherheits- und Kommunikationsanlage eingebaut werden. Von den anderen Elektroinstallationen und einigen Sonderwünschen ganz zu schweigen.«

»Das ist wirklich schade«, befand Julia. »Aber für euch doch bestimmt eine lukrative Sache, oder?«

»Das schon«, sagte Daniel. »Und wenn alles fristgerecht klappt, wird der Kunde uns bestimmt weiterempfehlen. Aber das bedeutet nun leider eine arge Einschränkung meiner freien Zeit. Sogar die Chanukka-Feier haben meine Eltern deswegen verschoben. Weil das Ende des Chanukka-Festes dieses Jahr mit Weihnachten zusammenfällt, feiern wir nun beides zusammen.« Er hielt kurz inne. »Ich hoffe, du hast dein Früchtebrot nicht schon gebacken?«

Julia lächelte. »Nein, habe ich nicht. Aber das wäre auch nicht weiter schlimm gewesen, denn je länger es gelagert wird, desto besser schmeckt es.« Sie wechselte den Hörer in die andere Hand. »Gibst du mir Bescheid, wenn du wieder etwas Luft hast?«

»Wirst du so lange warten?«

Julia lachte. »Also wirklich! Zwei Wochen sind doch keine Ewigkeit.« Sie stockte. »Was ist denn mit Nick? Soll ich ihn vielleicht solange zu mir nehmen?«

»Würdest du das tun?«

»Aber sicher doch. Er kann doch nicht die ganze Zeit allein bleiben.«

Daniel seufzte erleichtert. »Dann bitte ich meine Mutter, ihn dir morgen zu bringen, ja? Und ich rufe dich an, wenn es sich einrichten lässt«, versprach er.

»Ich freue mich darauf«, antwortete sie. »Bis dann.«

»Das ist ja interessant«, befand Silvia Rosenbaum und rührte in ihrer Teetasse. Nachdem sie Nick am folgenden Nachmittag bei Julia abgeliefert hatte, war sie auf deren Einladung noch kurz mit ins Haus gekommen und saß nun zusammen mit Julia am Küchentisch und ließ sich zum Tee deren frisch gebackene Plätzchen schmecken. »Eine Kontaktanzeige also?« Sie lachte herzlich. »Kein Wunder, dass er das vor uns verheimlicht hat. Dieser Peter kommt aber auch auf Ideen. Aber jetzt verstehe ich wenigstens, was Daniel meinte, als er mir von den Treffen mit diesen Frauen erzählte.« Sie nahm sich noch ein Plätzchen und biss genießerisch hinein. »Das Rezept müssen Sie mir für meinen Mann mitgeben. Er ist unser Hausbäcker und wird begeistert sein.« Sie wurde wieder ernst. »Und Sie haben also Daniels Zuschriften bekommen und er die Ihren? Wenn das nicht Schicksal ist!« Sie tätschelte Julias Hand. »Und es ist wirklich nett, dass Sie sich um den Hund kümmern, solange er beschäftigt ist.«

»Das ist doch gar kein Problem«, wehrte Julia ab. »Ich mag Nick sehr gerne.«

»Nun, meinen Sohn doch hoffentlich auch?«, fragte Silvia mit einem Zwinkern, hob aber sofort die Hand. »Keine Angst, ich halte schon den Mund. Wissen Sie, ich freue mich nur so, dass er nach seiner Scheidung endlich wieder beginnt, ein Privatleben zu führen.« Ihre Miene verdüsterte sich kurz. »Tina hat ihm übel mitgespielt, wissen Sie? Ich dachte schon, er kommt gar nicht darüber hinweg.« Sie zögerte kurz, dann fuhr sie fort: »Ich weiß nicht, ob er Ihnen davon erzählt hat ...«

»Nicht viel.«

Silvia nickte. »Dann wird er es irgendwann sicher noch tun.«

Um die Zeit bis zu ihrem nächsten Treffen mit Daniel zu überbrücken, widmete sich Julia ebenfalls intensiv ihrer Arbeit, kümmerte sich um Nick, der in typischer Hundemanier dafür sorgte, dass sie zwischendurch auch einmal Pause machte und an die frische Luft kam, und passte ab und zu auf Christines kleinen Sohn auf, während diese mit den Vorbereitungen für die Familienweihnachtsfeier beschäftigt war.

Zweimal hatte Daniel sie kurz angerufen und ihr berichtet, wie die Arbeiten im Hotel fortschritten, danach hatte er ihr jedoch nur noch kurze Nachrichten auf dem Anrufbeantworter hinterlassen.

Als die vierte Adventswoche anbrach und der Heilige Abend in großen Schritten näher rückte, verfiel Julia in eine nervöse Vorfreude. Um sich abzulenken und weil es ihr nun auch angebracht erschien, schrieb sie alle Anzeigenkandidaten, mit denen sie sich getroffen hatte, noch einmal an und erklärte ihnen mit kurzen Worten, dass sie kein weiteres Interesse habe. Sie fühlte sich ein wenig merkwürdig dabei und hoffte, vor allem Gregor nicht zu sehr vor den Kopf zu stoßen, doch sie hatte sich entschieden und wollte keinen der Männer darüber im Unklaren lassen.

Am Dienstagabend luden Timo und Klarissa sie und Christine dann spontan zu einem Essen beim Italiener ein, um mit ihnen etwas zu besprechen. Da die beiden gar zu geheimnisvoll taten, wartete Julia nur, bis alle an dem festlich gedeckten Tisch beieinandersaßen und ihre Getränke bestellt hatten, und fragte dann geradeheraus: »Also, was ist los? Wen wollt Ihr überfallen?«

Klarissa kicherte nur, Timo trommelte nervös mit den Fingern auf der Tischplatte herum. »Kannst du hellsehen?« Er griff nach der Serviette und zerknitterte sie fahrig.

Christine kräuselte die Lippen. »Dazu sind keine hellseherischen Kräfte nötig, Timo. Wir kennen dich gut genug, um zu sehen, dass du etwas ausgefressen hast.« Sie lächelte. »Oder es zumindest vorhast. Also spuck schon aus, was es ist!«

Timo grinste schief. »Ich ... Wir ...« Er blickte unsicher zu Klarissa hinüber, die aufmunternd nickte. »Ihr dürft es Mama und Papa noch nicht sagen«, begann er erneut. »Das mit unserer Verlobung, meine ich. Wir möchten sie überraschen und dachten, zu Weihnachten ...«

»Sie wissen es noch nicht?«, fragte Julia verwundert, woraufhin er nur mit den Schultern zuckte.

»Eine nette Idee«, stimmte Christine hingegen sofort begeistert zu. »Wir feiern Heiligabend eine Überraschungsverlobung!« Sie stockte und blickte ihrem Bruder prüfend ins

Gesicht. »Da ist doch noch etwas! Rück schon damit heraus, du Schwerenöter! Hast du den Lehrjob an der Uni geschmissen, um mit Klarissa um die Welt zu tingeln, oder was?«

Klarissa prustete und brach dann in helles Gelächter aus.

»Das ist es also nicht«, stellte Christine fest. »Was dann? Wollt Ihr vielleicht so eine abgefahrene Kulthochzeit feiern? Unter Wasser vielleicht? Ihr wisst, Papa schwimmt nicht gerne. Oder ...« Ihre Miene hellte sich auf. »Ich weiß, Ihr wollt im Heißluftballon heiraten und wisst nicht, wie ihr das Mama beibringen sollt, wo sie doch so schreckliche Höhenangst hat!«

»Chrissi!« Julia stieß ihre Schwester an, musste jedoch selbst bei diesem Gedanken lachen.

Auch Klarissa brach erneut in Gelächter aus. »O ja, das wäre ja was«, kicherte sie. »Und wenn wir bis zum Sommer warten, brauchen wir dazu dann nicht mal einen Ballon zu mieten!« Sie machte eine ausholende Bewegung mit beiden Händen.

»Hä?« Verständnislos blickte Christine sie an.

Julia schaltete jedoch schneller und strahlte übers ganze Gesicht. »Mensch, das ist ja eine tolle Nachricht!«, rief sie.

Christine stand noch immer auf der Leitung. »Was für eine Nachricht?«

Erheitert stieß Julia ihr den Ellenbogen in die Seite. »Na, dass wir Mama und Papa nicht nur eine Überraschungs-Verlobung präsentieren können, sondern auch ein Überraschungsenkelkind.«

»Ein was?« Christine starrte Timo sekundenlang an, dann schlug sie sich mit der flachen Hand gegen die Stirn. »Ach du grüne Neune!« Sie lachte begeistert. »Deshalb also diese schnelle Entscheidung zur Hochzeit? Mein lieber Bruder, Schwerenöter ist gar kein Ausdruck für dich!«

Klarissa hoch jedoch abwehrend die Hände. »Nein, Chrissi, zu seiner Ehrenrettung darf ich sagen, dass ich von der Schwangerschaft erst letzten Mittwoch erfahren habe.« Sie lächelte breit. »Nicht geplant, die ganze Sache, aber trotzdem sehr willkommen.«

In diesem Moment brachte der Kellner die Karten, und nachdem sie bestellt hatten, steckten sie die Köpfe zusammen und überlegten, wie sie ihre Eltern am besten überraschen könnten.

»Entschuldigt mich mal kurz«, sagte Klarissa nach einer Weile. »Ich glaube, die Natur fordert gerade ihren Tribut.« Lächelnd stand sie auf.

Christine erhob sich ebenfalls. »Warte, ich komme mit. Auf den Schreck hin muss ich mir dringend die Nase pudern!« Kichernd gingen die beiden in Richtung Toiletten.

Timo blickte ihnen seufzend nach. »Dass Frauen grundsätzlich immer zu zweit aufs Klo gehen müssen.« Er legte den Kopf auf die Seite. »Was ist mit dir, Julia? Willst du ihnen nicht nacheilen?«

Julia schüttelte amüsiert den Kopf. »Ich bin schon zu Hause aufs Töpfchen gegangen.« Dann wurde sie wieder ernst und streckte die Hand aus, um sie ihrem Bruder auf den Arm zu legen. »Du kannst dir gar nicht vorstellen, wie sehr ich mich für euch freue.«

»Danke, Julia.« Timo lächelte glücklich. »Sag mal, gibt es eine Möglichkeit, Chrissis Enthusiasmus ein wenig zu bremsen? Ich fürchte, ihre Planungen für die Weihnachtsfeier laufen aus dem Ruder, wenn sie so weitermacht.«

»Du kennst sie doch«, antwortete Julia schmunzelnd. »Aber keine Angst, ich versuche, sie am kurzen Zügel zu halten.«

Sie blickten einander verschwörerisch an, dann beugte sich Julia zu ihrem Bruder hinüber und nahm ihn fest in die Arme. Schließlich gab sie ihm noch einen sanften Kuss auf die Wange, dann richtete sie sich rasch wieder auf, als Klarissa und Christine sich wieder zu ihnen gesellten. Kurz darauf wurde das Essen serviert.

Daniel reckte sich und rieb mit beiden Händen über die verspannten Muskeln in seinem Nacken. Als er vor die Eingangstür des Hotels trat, sog er tief die kalte Winterluft ein – sie roch nach Schnee. Ein Blick auf seine Armbanduhr ließ ihn lächeln. Es war erst kurz vor acht, früh genug, um noch bei Julia vorbeizufahren und sie zu überraschen. Er würde erst am nächsten Mittag wieder arbeiten müssen, was seine Laune noch zusätzlich beträchtlich hob. Beschwingt machte er sich auf den kurzen Weg zu seinem Wagen, den er heute zwei Straßen weiter hatte parken müssen, da die Innenstadt von vorweihnachtlich gestimmten Kaufwütigen überfüllt gewesen war. Dabei dachte er mit einiger Zufriedenheit daran, dass sich die vielen Überstunden, die er, seine Brüder und auch sein Vater auf sich genommen hatten, sich auszuzahlen begannen. Voraussichtlich würden sie zwei Tage vor dem vereinbarten Termin mit den Arbeiten fertig werden.

Noch immer war die Einkaufspassage, durch die sein Weg führte, voll von Menschen mit prallgefüllten Einkaufstüten und -taschen, deren Mienen von vorweihnachtlich-glücklich bis ziemlich gestresst variierten. Schmunzelnd dachte er daran, dass er selbst auch noch nicht ein einziges Geschenk gekauft hatte. Das würde er wohl schnellstens nachholen müssen.

Während er noch darüber nachdachte, was er Julia schenken könnte, meldete sich sein Magen mit einem vernehmlichen Knurren. Er hatte seit dem Mittag nichts mehr gegessen, und als sein Blick auf das italienische Restaurant auf der anderen Straßenseite fiel, kam ihm die Idee, dort rasch einen Tisch zu reservieren und Julia dann zu einem gemeinsamen Essen dort zu überreden. Mit ausholenden Schritten überquerte er die Straße und ging auf den Eingang des Lokals zu, überlegte es sich jedoch anders und warf zunächst einen Blick auf den Aushang, auf dem das Tagesmenü vorgestellt wurde. Dabei wurde sein Augenmerk irgendwie auf die Fenster des Restaurants gelenkt, die mit hellen Lichterketten und weihnachtlichen Fensterbildern geschmückt waren. Lächelnd betrachtete er einen blinkenden Weihnachtsmann, dessen Augen aus kleinen Glühbirnchen bestanden und dem Betrachter ständig zuzuzwinkern schienen.

Sein Lächeln erstarb jedoch, als er im Inneren des Restaurants an einem der Tische Julia erkannte. Sie saß schräg neben einem blonden, äußerst ansehnlichen Mann und hatte ihm eine Hand auf den Arm gelegt. Die beiden lachten und sahen einander tief in die Augen, dann umarmten sie einander innig, und Julia küsste den Fremden zärtlich auf die Wange.

Daniel stieß heftig die Luft aus. Sein Herz hämmerte schmerzhaft gegen seine Rippen, und er ballte unbewusst beide Hände zu Fäusten. Sein erster Impuls war, in das Lokal zu stürmen und Julia zur Rede zu stellen, doch er tat es nicht, sondern wandte sich ruckartig ab und stapfte mit steifen Schritten weiter zu seinem Wagen. Nein, nicht noch einmal, dachte er. Das würde er sich nicht noch einmal antun.

Mit verbissener Miene kramte er nach seinem Schlüssel. Gerade als er seinen Lieferwagen erreicht hatte, begann es zu schneien.

14. Kapitel

»Siehst du, ich hab dir doch gesagt, du sollst dich nicht einmischen!«

»Ja, ja, ja. Du hast ja recht.« Santa Claus hockte zerknirscht in seinem Büro und spielte mit einem Kugelschreiber herum.

Seine Frau maß ihn mit strengen Blicken. »Du weißt doch genau, wie unberechenbar die Menschen sind. Jetzt hast du den Schlamassel.«

Der Weihnachtsmann seufzte unglücklich. »Woher sollte ich denn wissen, dass so etwas passiert! Ich kann doch nicht noch mehr Elfen zur Beobachtung ausschicken. Außerdem sind sie jetzt alle mit den Listen der braven und bösen Kinder beschäftigt.«

»Diese Unachtsamkeit hat uns aber nun einen sehr unglücklichen Menschen beschert«, sagte sie. »Zwei sogar, denn ich verwette Rudolfs rote Nase, dass die Sache noch schlimmer wird.«

»O nein, das darf sie nicht.« Santa Claus fuhr sich ratlos durch seinen Bart. »Aber was soll ich jetzt tun? Ich muss mich um die Geschenke kümmern, meine Reiseroute zusammenstellen und die Wunschzettel der Kinder einsammeln. Vor allem per E-Mail kommen jeden Tag Hunderte hier an.«

»Ich weiß.« Seine Frau setzte sich neben ihm auf die Schreibtischkante. »Aber du kannst es jetzt nicht dabei bewenden lassen. Durch den Stromausfall und deinen dummen Plan ist es doch erst soweit gekommen, also musst du das jetzt auch wieder bereinigen.«

Der Weihnachtsmann nickte. »Du glaubst also nicht, dass sich das vielleicht von alleine regelt?«

Seine Frau schüttelte traurig den Kopf. »Du kennst doch die Menschen, mein Schatz. Ich glaube nicht, dass die beiden ohne Hilfe wieder zueinanderfinden.«

Santa Claus seufzte. »Dann muss ich Elf-Siebzehn noch einmal zu Nick schicken.«

»Wozu?« Sie sah ihn überrascht an. »Was soll der Hund denn jetzt noch retten?«

Nachdenklich kraulte Santa Claus seinen Bart. »Das weiß ich noch nicht, aber mir wird schon etwas einfallen.«

15. Kapitel

»Ein Glück, dass es nicht mehr geschneit hat«, sagte Julia, als sie die Haustür aufschloss. »Das hätte eine schöne Schlitterpartie gegeben.« Sie stieß die Tür auf und wollte Timo und Klarissa den Vortritt lassen, doch da schoss Nick mit einem lauten Heulen an ihnen vorbei und rannte zu einem der Büsche, wo er ausgiebig das Bein hob.

»Nanu, so dringend?« Als der Hund zu ihr zurückgekehrt war, streichelte sie ihm leicht über den Kopf. »Du warst doch vorhin schon mal draußen.«

Nick winselte leise und nahm vorsichtig ihre Hand in die Schnauze.

»Was denn?« Sie lachte. »Soll ich mit reinkommen? Nichts lieber als das. Es ist ziemlich kalt hier draußen.«

»Wir gehen ins Bett, Schwesterchen«, sagte Timo, der schon halb die Treppe hinauf war. »Gute Nacht.«

»Schlaft gut«, antwortete Julia und schälte sich aus ihrem Mantel. Noch immer schwänzelte Nick um sie herum und stupste sie ein ums andere Mal mit der Nase an. »Was hast du denn?«, fragte sie überrascht.

Wieder nahm er ihre Hand in die Schnauze und zog sie sanft aber bestimmt ins Wohnzimmer und dort zu dem kleinen Tisch, auf dem das Telefon lag. Die Anzeige des Anrufbeantworters blinkte.

»Na so was.« Julia sah Nick verblüfft an. »Wolltest du mir zeigen, dass jemand angerufen hat?« Neugierig drückte sie die Taste zum Abspielen der Nachrichten und lächelte erfreut, als sie gleichzeitig im Display Daniels Nummer erkannte. Sie wartete einen Moment, doch es kam keine Mitteilung, sondern nur eine lange Stille, dann ein Klicken und das Besetztzeichen. Irritiert drückte sie noch einmal zum Anfang der Nachricht zurück, doch mit demselben Ergebnis. »Merkwürdig«, murmelte sie. »Ob das Gerät nicht richtig aufgezeichnet hat?«

Nick winselte wieder und drückte ihr seine Nase gegen die Hand. Abwesend streichelte sie ihn und blickte dabei zur Uhr. Es war fast elf, viel zu spät, um ihn jetzt noch zu stören. Bestimmt schlief er schon, weil er am nächsten Morgen früh aufstehen musste.

Ziemlich gerädert saß Julia am nächsten Vormittag hinter dem Steuer ihres Autos und fuhr ans andere Ende der Stadt zu einer Wäscherei, die irgendwelche Probleme mit ihren Steuerunterlagen hatte. Sie war todmüde, weil sie in der Nacht schlecht geschlafen hatte. Nick war unruhig gewesen und hatte sie mit seinem Gewinsel wachgehalten, und irgendwie war ihr auch der Anruf nicht mehr aus dem Kopf gegangen. Sie hatte am Morgen versucht, Daniel zu erreichen, doch er war nicht ans Telefon gegangen, und sein Handy schien er samt Mailbox ausgeschaltet zu haben. Das trug noch zu ihrer inneren Unruhe bei, hatte sie doch das unbestimmte Gefühl, das irgendetwas nicht stimmte.

Daniel war früh aufgestanden und hatte der Hausverwalterin angeboten, den frisch gefallenen Schnee rund ums Haus wegzuschaufeln und auch die Gehwege zu kehren. Das verschaffte ihm eine anstrengende Beschäftigung, von der er hoffte, dass sie seinen Kopf freimachen würde. Doch ständig grübelte er darüber nach, warum er nur immer wieder an die gleiche Art von Frau geriet und wie er Julia nur so falsch hatte einschätzen können. Bilder von ähnlichen Situationen wie der am Vorabend stahlen sich in seine Gedanken, und der Groll auf seine Exfrau Tina mischte sich mit dem frischen Schmerz, den Julia ihm nun zugefügt hatte.

Als er mit Schneeschaufeln fertig war, hatte er einen Entschluss gefasst. Er setzte sich in seinen Lieferwagen und fuhr schnurstracks zu Julias Haus. Ihr Auto stand nicht in der

Einfahrt, doch da im oberen Stockwerk hinter zwei Fenstern Licht brannte, musste sie wohl dennoch zu Hause sein.

Er atmete tief durch und klingelte an der Haustür. Sofort erklang im Haus freudiges Gebell. Augenblicke später wurde die Tür geöffnet und er sah sich dem Mann vom Vorabend gegenüber, der allerdings lediglich mit knappen Boxershorts bekleidet war. Seine Haare standen unordentlich nach allen Seiten ab. »Ja, bitte?« Er grinste Daniel breit an, und als er dessen etwas entsetzten Blick sah, zuckte er mit den Schultern. »Entschuldigen Sie meinen Aufzug. Ich bin auf Urlaub und meine Süße und ich haben ein bisschen lange geschlafen ... Was kann ich für Sie tun?«

»Ich ...« Daniel schluckte krampfhaft und bemühte sich um Ruhe und eine gleichgültige Miene. In diesem Moment schoss Nick auf ihn zu und sprang winselnd an ihm hoch. »Ich bin hier, um meinen Hund abzuholen«, brachte er mühsam hervor.

»Ach, dann sind Sie Daniel?«

»Scheint so«, antwortete Daniel säuerlich. Wollte sich der Kerl etwa über ihn lustig machen?

Timo musterte ihn erstaunt. »Stimmt was nicht?«

Daniels Miene verfinsterte sich noch mehr. »Das fragen Sie mich?« Er rief Nick zu sich und fasste ihn am Halsband. »Sagen Sie Julia, ich kümmere mich jetzt wieder selbst um den Hund.« Damit wandte er sich abrupt ab und wollte zu seinem Wagen zurückgehen.

Timo fuhr sich verwirrt durch die Haare. »Weiß sie, dass Sie heute herkommen wollten?«

Daniel drehte sich zu ihm um und durchbohrte ihn mit feindseligen Blicken. »Offensichtlich nicht. Und ich werde sie auch nicht weiter behelligen, das können Sie ihr ausrichten. Falls es sie überhaupt interessiert.«

»Moment mal!«, rief Timo ihm nach, doch Daniel hatte Nick bereits in den Lieferwagen gescheucht und den Motor angelassen. Einen Augenblick später rauschte er mit leicht durchdrehenden Reifen davon.

»Sicher können wir uns um Nick kümmern«, sagte Peter am anderen Ende der Leitung. »Aber hattest du ihn nicht bei Julia untergebracht? Ich dachte, sie sorgt für ihn.«

»Das hat sich erledigt«, knurrte Daniel und kämpfte gegen das Gefühl der Ohnmacht an, das ihn erneut zu befallen drohte.

»Wie, erledigt?«, hakte Peter erstaunt nach. »Ich dachte, ihr seid ein Herz und eine Seele? Hattet ihr Streit?«

»Pah, vergiss es. Mit Lügnerinnen und Betrügerinnen streite ich nicht«, schnauzte Daniel. »Das habe ich ein für alle Mal hinter mir.«

»Betrügerinnen?« Peter schnalzte verblüfft mit der Zunge. »Willst du damit sagen ...«

»Genau das«, bestätigte Daniel. »Oder wie würdest du es nennen, wenn du sie abends mit einem Kerl im Restaurant siehst, der dir dann am nächsten Morgen fast nackt ihre Haustür öffnet?«

»Oha.« Betroffen schwieg Peter. »Und jetzt?«

Daniel schnaubte abfällig. »Was schon? Nichts. Könnt ihr den Hund nachher abholen?«

»Großer Gott, warum hast du ihm nicht gesagt, dass du mein Bruder bist?«, rief Julia aufgebracht, als Timo ihr bei ihrer Rückkehr am Nachmittag von Daniels Besuch erzählte. »Er muss ja denken, dass ich ...« Sie schüttelte entsetzt den Kopf. »Ich fahre zu ihm.«

»Woher hätte ich denn wissen sollen, dass du ihm noch nichts von uns erzählt hast?«, fragte Timo zerknirscht, doch sie hörte gar nicht mehr hin, sondern warf sich bereits wieder ihren Mantel über und verließ eilig das Haus. Um diese Zeit würde Daniel wahrscheinlich noch auf der Baustelle arbeiten, deshalb fuhr sie gleich in die Innenstadt, fand glücklicherweise rasch einen Parkplatz und rannte dann fast die Fußgängerzone entlang zu dem neuen Hotel. An dessen Fassade stand ein Gerüst, auf dem zwei Maler dabei waren, dem Gebäude einen hübschen hellgelben Anstrich zu geben. An der Tür hing ein Schild mit dem Vermerk, dass Unbefugten der Zutritt zur Baustelle nicht erlaubt sei.

Julia zögerte kurz, trat dann aber doch ein und sah sich suchend in dem großzügigen Foyer um. Von irgendwo her ertönten das Surren einer Bohrmaschine und das Kreischen einer Säge, und im Hintergrund dudelte leise Weihnachtsmusik vor sich hin. Der Boden war zum Schutz vor Verschmutzung mit einer dicken Plastikplane belegt, ebenso die Möbel im Empfangsbereich.

Aus einem der hinteren Räume kam ein etwas korpulenter Mann in einem teuren, maßgeschneiderten Anzug auf sie zu. »Verzeihen Sie, gnädige Frau«, sagte er mit einem schmalen Lächeln. »Wir haben noch geschlossen.«

»Ich weiß.« Julia nickte ihm freundlich zu. »Ich suche Herrn Rosenbaum, weil ich ... eine dringende Nachricht für ihn habe.«

»Ah, nun.« Der Mann musterte sie eingehend. »Die Firma

Rosenbaum ist oben im ersten Stock beschäftigt. Den Gang dort entlang und dann die Treppe hinauf.« Er deutete hinter sich. »Aber ich muss Sie bitten, sich nicht zu lange hier aufzuhalten. Dies ist immerhin eine Baustelle, wie Sie sehen.«

»Danke. Ich beeile mich.« Sie lächelte ihm noch einmal zu und eilte dann zur Treppe. Im ersten Stock sah sie sich unsicher um. Von beiden Seiten des Flurs erklangen Geräusche, die darauf schließen ließen, dass hier fleißig gearbeitet wurde. Dazwischen mischten sich immer wieder die Stimmen mehrerer Männer, dann das Lachen einer Frau. Entschlossen wandte sich Julia in diese Richtung.

Vor der Tür zu einem der Hotelzimmer blieb sie überrascht stehen. Zunächst hatte sie gedacht, Daniel gefunden zu haben, doch als sich der Mann in der dunkelblauen Arbeitsmontur zu ihr umdrehte, erkannte sie ihren Irrtum. Die Ähnlichkeit war jedoch enorm, so dass es sich nur um einen von Daniels Brüdern handeln konnte.

»Kann ich Ihnen weiterhelfen?«, fragte er.

Julia nickte. »Ich hoffe es. Können Sie mir sagen, wo Daniel arbeitet?«

In diesem Moment streckte eine junge Frau mit blondem Kurzhaarschnitt den Kopf aus der Tür des Badezimmers, das zu der Suite gehörte. »Sie suchen Daniel?« Neugierig kam sie näher und musterte Julia neugierig. Dann lächelte sie. »Der Beschreibung meiner Mutter nach müssen Sie Julia sein.« Sie streckte ihre Hand aus. »Mein Name ist Irina. Ich bin Daniels Schwester. Und das ist Janus.« Sie deutete auf den Mann an ihrer Seite.

Julia lächelte ebenfalls. »Daniels Bruder.«

Janus zuckte sichtlich zusammen. »Sieht man das?«

»Ziemlich deutlich.«

»Daniel ist nicht hier«, sagte Irina und hob bedauernd die Schultern. »Eigentlich hätte er heute Morgen freigehabt, aber er kam trotzdem her und hat bis vor einer knappen Stunde gearbeitet. Dann wollte er weg, was auch gut war, weil er mit seiner schlechten Laune hier die ganze Stimmung vermiest hat.« Forschend blickte Irina Julia an. »Habt ihr gestritten?«

»Nein.« Besorgt knabberte Julia an ihrer Unterlippe. »Aber ich fürchte, es gab da ein Missverständnis ... Ist er nach Hause gefahren?«

»Ich nehme es an«, antwortete Janus. »So übler Laune habe ich ihn seit seiner Scheidung nicht mehr gesehen.«

»Hey, halt die Klappe!« Irina stieß ihn unsanft an. »Was war das denn für ein Missverständnis?«, fragte sie Julia.

Diese hob verzagt die Schultern. »Er hat heute Morgen meinen Bruder bei mir zu Hause angetroffen. Er wusste nicht, dass Timo mich besucht, und ich fürchte, er hat da etwas in den falschen Hals bekommen.«

»Oh, oh.« Irina verzog betroffen das Gesicht. »Kein Wunder, dass er so mies drauf war. Dann fahren Sie am besten gleich mal zu ihm und stellen das richtig.«

»Das hatte ich vor.« Julia wandte sich zum Gehen. »Danke.«

»Wofür?« Irina winkte lächelnd ab und ging wieder an ihre Arbeit.

So rasch es ging verließ Julia die Hotelbaustelle, rannte zu ihrem Auto zurück und fuhr zu Daniels Wohnung.

Sie klingelte mehrmals an seiner Tür und klopfte sogar,

doch er öffnete ihr nicht. Nach einer Weile wandte sie sich ratlos ab und lehnte sich gegen den Türholm. In diesem Moment kam eine hagere Frau mittleren Alters mit eisgrauem Haar aus der Wohnung gegenüber. »Herr Rosenbaum ist nicht da«, sagte sie und musterte Julia mit unverhohlener Neugier. »Soll ich ihm etwas ausrichten, wenn er zurückkommt?«

»Nein, das heißt …« Julia straffte die Schultern. »Wissen Sie denn, wann er zurückkommt?«

»Heute nicht mehr. Er hat mir einen Zettel in den Briefkasten geworfen, dass er ein oder zwei Tage fort ist. Das macht er immer, weil ich dann weiß, dass ich nach seinen Blumen sehen muss.«

Julia nickte betroffen. »Ach so. Und was ist mit Nick?«

»Mit wem?«

»Mit seinem Hund.«

»Ach so.« Die Nachbarin lachte. »Den hat eine hübsche junge Frau heute Mittag abgeholt. Ich vermute mal, dass er jetzt bei ihr ist. So eine angenehme Person. Hat mir den Einkaufskorb heraufgetragen. Wahrscheinlich ist das seine neue Freundin.«

Julias Herz verkrampfte sich kurz, doch sie bemühte sich um Ruhe. Nur keine vorschnellen Schlüsse ziehen, ermahnte sie sich. »Können Sie mir sagen, wie die Frau aussah?«

Die Nachbarin wirkte etwas irritiert, nickte dann aber. »Wie gesagt, sehr hübsch. Lange schwarze Haare, ein bisschen südländisch, würde ich sagen. So groß wie Sie, aber nun ja, etwas üppiger, wenn Sie verstehen, was ich meine.«

Julia versuchte, ruhig zu atmen und sich ihre Bestürzung nicht anmerken zu lassen. »Vielen Dank, Frau …?«

»Kunz«, antwortete die Nachbarin lächelnd. »Wie Hinz. Und ich soll ihm bestimmt nichts ausrichten?«

»Nein, Frau Kunz, das ist nicht nötig. Auf Wiedersehen.« Eilig verließ Julia das Haus und ging mit hängenden Schultern zum Auto zurück.

Offenbar hatte Daniel sich ziemlich rasch getröstet, dachte sie und ließ den Wagen langsam die Straße entlang rollen. Die Beschreibung der Frau, die Nick abgeholt hatte, traf genau auf die flippige Bibi zu, von der Daniel behauptet hatte, sie sei ihm zu anstrengend. Julia schnaubte. »Männer«, grollte sie, und ihre Miene verfinsterte sich noch mehr. Hatte Daniel sich Bibi – und vielleicht noch ein paar der anderen Frauen, die ihm geschrieben hatten – vielleicht sogar heimlich warmgehalten? Wie sonst war es zu erklären, dass eine von ihnen so mir nichts dir nichts parat stand, um den Hund bei sich aufzunehmen? Und hatte er wirklich in der vergangenen Woche jeden Abend nur gearbeitet und war ansonsten allein geblieben? Je länger sie darüber nachdachte, desto unwahrscheinlicher kam ihr das vor. Und dass er ständig sein Handy abgeschaltet hatte, war ein weiteres Anzeichen dafür, dass er vielleicht gar nicht von ihr hatte erreicht werden wollen.

»Ich bin so dämlich!«, stöhnte sie und trat aufs Gas. Nach Hause, sie wollte nur noch nach Hause und von Männern nichts mehr hören und sehen.

16. Kapitel

»Pst, Nick!«, flüsterte Elf-Siebzehn und hangelte sich durch das Küchenfenster, das offenbar zum Lüften offenstand. »Nick, bist du hier?«

»Wuff«, stieß Nick leise aus und kam aus dem Wohnzimmer angetrabt. Freudig beschnupperte er den Elf und hob dann zur Begrüßung die Pfote.

Elf-Siebzehn streichelte ihm sanft übers Fell und beugte sich dann vertraulich zu Nicks Ohr vor. »Du musst uns noch mal helfen, mein Freund.«

Nick legte aufmerksam den Kopf auf die Seite und lauschte der leisen Stimme des Elfen.

»Santa Claus sitzt ein bisschen in der Tinte«, fuhr Elf-Siebzehn fort. »Er hatte gehofft, dass sein Plan, Daniel und Julia zu verkuppeln, aufgeht. Und du hast uns dabei ja schon einmal toll geholfen.« Er grinste wie ein Kobold. »Herrlich, wie du dich bei den anderen Frauen aufgeführt hast.« Er wurde wieder ernst. »Aber musstest du dieser Ellen unbedingt das Auto verschmutzen?«

Nick duckte sich ein wenig und wedelte beschwichtigend mit dem Schwanz.

Elf-Siebzehn lachte wieder. »Schon gut, im Eifer des Gefechts kann so was ja schon mal passieren.« Er schnupperte, denn nun fiel ihm der Geruch nach frisch gebackenen Plätzchen auf, der die Küche erfüllte. »Hm, Vanillekipferl!« Er ging zum Küchentisch, auf dem ein Kuchenrost mit den Plätzchen stand – offenbar zum Auskühlen. Rasch nahm er sich eines, bracht es in der Mitte durch und verspeiste die eine Hälfte mit verzücktem Gesichtsausdruck. Die andere

Hälfte steckte er Nick zu, der sie ebenso genießerisch verputzte. Dann wurde Elf-Siebzehn wieder ernst. »Leider gibt es ein Problem mit den beiden«, erklärte er dem Hund, der noch immer aufmerksam lauschte. »Deshalb bist du jetzt ja auch nicht mehr in Julias Haus.« Elf-Siebzehn hielt inne. »Hat es dir dort gefallen?«

Freudig nickte der Hund und leckte dem Elf übers Gesicht.

»Schon gut, schon gut«, wehrte Elf-Siebzehn ab. »Es würde dir also gefallen, wenn Daniel und Julia sich wieder vertragen?« Der Elf beugte sich noch näher über Nicks Ohr. »Dann hör mir jetzt gut zu! Wir haben nämlich einen neuen Plan, und darin spielst du eine sehr wichtige Rolle!«

17. Kapitel

»Ich will nichts mehr davon hören«, sagte Julia und warf ihrer Schwester einen finsteren Blick zu.

»Aber das muss sich doch aufklären lassen«, widersprach diese heftig. »Meinst du nicht, dass du voreilige Schlüsse ziehst? Vielleicht war das gar nicht diese Bibi ...«

»Dann eben irgendeine andere Frau, die einen Schlüssel zu Daniels Wohnung hat«, schoss Julia gereizt zurück. »Ist es nicht egal, wer es war?«

»Eine Verwandte vielleicht«, gab Christine zu bedenken, doch Julia winkte ab.

»Wie ich schon sagte, ich will nichts mehr davon hören.«

»Aber jetzt mit diesem Gregor auszugehen, ist doch auch

keine Lösung«, versuchte Christine an den Verstand ihrer Schwester zu appellieren. »Du hattest ihm doch schon geschrieben, dass du kein Interesse mehr hast. Wenn du jetzt etwas mit ihm anfängst ...«

»Was dann?« Erbost starrte Julia sie an. »Ich bin erwachsen, oder nicht? Also kann ich ja wohl ausgehen, wann und mit wem ich will. Soll ich hier etwa alleine versauern? Du warst es doch, die wollte, dass ich unter Menschen gehe. Nichts anderes habe ich heute Abend vor.«

»Aber ...«

»Damit ist das Thema beendet.« Ohne noch weiter auf Christine zu achten, ging Julia in ihr Schlafzimmer hinauf, zog einen langen Wollrock und eine Seidenbluse aus ihrem Schrank und trug beides ins Bad, um sich für ihr spontanes Date mit Gregor umzuziehen. Er hatte am späten Nachmittag angerufen – auf ihren Brief hin – und sie gebeten, sich doch noch einmal mit ihm zu treffen. Unter anderen Umständen wäre sie über seine Hartnäckigkeit verärgert gewesen, doch da sie ja nun keine anderen Pläne mehr hatte, sagte sie ihm schließlich zu.

Die alte Pendeluhr im Wohnzimmer schlug und zeigte damit an, dass es bereits sechs Uhr war. Deshalb schlüpfte Julia rasch aus Pullover und Hose und drehte die Dusche auf. Dabei fiel ihr Blick auf die zweite Zahnbürste auf der Ablage unter dem Spiegel und dann auf die Jeans, die noch immer über dem Rand der Badewanne hing.

Julia schloss für einen Moment die Augen und versuchte, den Schmerz, der sie durchzuckte, zu unterdrücken. Dann nahm sie entschlossen die Zahnbürste und warf sie in den Abfalleimer. Einen Moment lang betrachtete sie die Jeans unschlüssig, doch schließlich nahm sie die Hose, trug sie in ihr Schlafzimmer und stopfte sie nach ganz hinten in ihren Kleiderschrank.

Mit zusammengebissenen Zähnen trat sie danach unter den warmen Wasserstrahl der Dusche.

»Möchtest du tanzen?«, fragte Gregor über den Lärm von Musik und unzähligen Stimmen hinweg.

»Warum nicht?« Julia ergriff seine ausgestreckte Hand und folgte ihm zu der großen Tanzfläche. In dem Club, in dem sie sich befanden, war sie schon lange nicht mehr gewesen. Vor Jahren war sie noch öfter hierher gekommen, meistens zusammen mit ihrer Schwester oder einigen Kollegen aus der Steuerberaterfirma, in der sie ihre Ausbildung gemacht hatte. Obwohl diese »wilde Zeit«, wie sie es nannte, nun schon eine Weile hinter ihr lag, hatte sie Gregors Einladung gerne angenommen. Ein Abend mit lauter Musik und vielen fremden Menschen war genau das, was sie heute brauchte.

Allerdings legte der Discjockey ausgerechnet, als sie die Tanzfläche betraten, den Song »Last Christmas« auf, und Gregor zog sie sofort eng zu sich heran und legte sanft seine Hände auf die Hüften.

Während sie sich langsam zu der Musik drehten, beobachtete Julia still die anderen Paare, die sich zu dem romantischen Lied mehr oder weniger fest aneinander pressten.

Dann erblickte sie auf einem der Hocker an der Bar Daniel mit einer jungen Frau, die ihr irgendwie bekannt vorkam. Daniel hatte ihr einen Arm um die Schultern gelegt, und beide lachten gerade über irgendetwas.

Julia spürte einen schmerzhaften Stich in der Herzgegend und gleichzeitig heftigen Ärger in sich aufsteigen. Also war ihre Vermutung richtig gewesen. Er arbeitete nicht bis zum Umfallen – und er schien auch kein Kind von Traurigkeit zu sein. Und hatte er nicht behauptet, lange Nächte in Clubs oder Bars seien nichts für ihn? Von wegen!

Gregor bewegte sich mit Julia nun in eine andere Richtung, so dass sie Daniel aus den Augen verlor. Als sie eine Weile später wieder zur Bar hinübersah, küssten Daniel und die junge Frau sich gerade heftig.

Julia wurde beinahe schlecht vor Wut. Am liebsten wäre sie sofort zu ihm hinübergegangen und hätte ihm ihre Meinung gesagt. Doch sie blieb, wo sie war – bei Gregor, der ihr gerade etwas ins Ohr flüsterte, das wegen der lauten Musik nicht zu verstehen war.

Wieder drehten sie sich von der Bar weg, und als Daniel wieder in Sicht kam, war er gerade dabei, seiner Begleiterin in ihre Jacke zu helfen. Dabei schien er zu schwanken – war er betrunken? Während er selbst in seinen Mantel schlüpfte, schaute er zur Tanzfläche herüber, und für den Bruchteil einer Sekunde traf sein Blick auf den von Julia. Er gab jedoch mit keiner Regung zu verstehen, dass er sie erkannt hatte, sondern legte der jungen Frau erneut seinen Arm um die Schultern, und einen Moment später waren die beiden zur Tür hinaus.

»Stimmt etwas nicht?«, fragte Gregor und sah Julia prüfend an. »Du bist so still.«

Julia schüttelte den Kopf und riss sich zusammen. »Nein, alles in Ordnung«, antwortete sie mit einem erzwungenen Lächeln. »Ich habe nur ... Durst. Es ist heiß hier.«

Gregor lächelte zurück. »Dann sollten wir schleunigst zur Bar gehen und etwas trinken, nicht wahr?« Er nahm ihre Hand und zog sie mit sich zu dem Barhocker, auf dem eben noch Daniel gesessen hatte. Der Lederbezug war sogar noch warm, als Julia ihre Hand darauf legte.

Anette, fiel es ihr ein. Daniels Begleiterin war Anette, eine weitere seiner Anzeigenkandidatinnen. Die Wut in ihrem Bauch ballte sich zu einem harten Knoten zusammen. Also vergnügte er sich hier mit ihr, während diese Bibi auf seinen Hund aufpasste? Diese Ungeheuerlichkeit ließ Julias Herz rasen. Schnell nahm sie einen Schluck von dem Wodka Lemon, den Gregor ihr reichte. Und nachdem sie den Drink fast in einem Zug hinuntergespült hatte, beschloss sie, ab sofort keinen Gedanken mehr an diesen Mistkerl von Daniel zu verschwenden.

Daniel hatte vorgehabt, mit Peter eine Tour durch die Kneipen der Innenstadt zu machen, um sich abzulenken, doch sein Freund hatte ihm in letzter Minute absagen müssen, weil Carmen zu einer Weihnachtsfeier eingeladen war und der Babysitter sich krankgemeldet hatte. Also war Daniel schließlich allein losgezogen, obwohl er wusste, dass das keine gute Idee war. Nur zu gut erinnerte er sich an ähnliche Situationen in der Vergangenheit – kurz nach seiner Trennung von Tina – und daran, wie übel er zuweilen damals versackt war.

Auch diesmal war es so gekommen, und jetzt, am nächsten Morgen, verfluchte er sich stumm. Sein Kopf dröhnte, nur mit Mühe schaffte er es, die Augen zu öffnen. Doch er wusste schon vorher, dass er nicht in seinem eigenen Bett lag. Der Geruch der Bettwäsche war ihm fremd, und irgendetwas im Zimmer blinkte immerzu. Als er es geschafft hatte, die Augenlider zu heben, erkannte er, dass es sich um einen Lichterstern handelte, der im Fenster neben dem Bett hing.

Es war noch dunkel, und da von draußen keinerlei Verkehrsgeräusche hereindrangen, folgerte er, dass es noch sehr früh sein musste. Doch wo um alles in der Welt befand er sich?

Angestrengt dachte er nach, und langsam kam die Erinnerung – zumindest in Bruchstücken – wieder. Er war in diesem Club gewesen und hatte dort Anette getroffen. Da sie ebenfalls allein gewesen war, hatten sie sich zusammengetan, getanzt … und eindeutig zu viel getrunken. Mit einem Taxi waren sie danach zu Anettes Wohnung gefahren. Sie hatte ihn noch hineingebeten, dann hatten sie sich geküsst und dann … So sehr er auch versuchte, sich zu erinnern, was danach geschehen war – an dieser Stelle hatte er einen Filmriss.

Er spürte neben sich eine Bewegung und dann einen weiblichen Arm, der sich quer über seine Brust legte. Und nun wurde ihm auch bewusst, dass er bis auf seine Boxershorts unbekleidet war. Stöhnend schloss er die Augen wieder. Auch wenn er sich nicht mehr erinnerte – er konnte sich nun ziemlich genau vorstellen, wie der restliche Abend verlaufen sein musste.

18. Kapitel

»Oje, oje, oje!« Besorgt blickte Santa Claus auf den Videobildschirm. »Elf-Siebzehn, hast du mit Nick gesprochen? Wird er uns helfen?«

»Aber ja doch, ganz sicher.« Der Elf nickte heftig.

»Hast du ihm gesagt, dass es dringend ist? Wenn ich mir das hier ansehe, fürchte ich, dass es vielleicht sogar schon zu spät ist.«

»Keine Sorge, Santa.« Elf-Siebzehn lächelte beruhigend. »Wir haben alles unter Kontrolle. Der Plan wird bald schon in die Tat umgesetzt.«

»Bald?«

»Morgen, nehme ich an. Sobald sich eine Gelegenheit ergibt.«

Santa Claus stöhnte. »Dann ist es bestimmt zu spät. Können wir das nicht ein bisschen beschleunigen?«

»Leider nicht.« Der Elf zuckte bedauernd mit den Schultern. »Ich habe keine Zeit, noch einmal zu Nick zu gehen. Ich muss den Rentieren heute unbedingt die neuen Zuggeschirre anpassen. Du weißt, wie empfindlich Blitz und Donner sind. Und Rudolf wird wieder irgendeinen Unfug damit anstellen. Wenn ich bis zum Heiligen Abend alles fertig haben will, muss ich mich sputen.«

»Hach, du hast ja recht.« Der Weihnachtsmann seufzte. »Ich kann nicht wegen zwei unglücklicher Menschen den ganzen vorweihnachtlichen Ablauf bei uns durcheinanderbringen. Aber ich hätte den beiden so gerne ein wunderbares Weihnachtsfest beschert.«

Elf-Siebzehn nickte, nun wieder mit ernster Miene. »Ich

weiß, Santa. Aber hab doch ein bisschen Vertrauen in die Menschen. Manche von ihnen sind klug genug, ihre Probleme ganz alleine in den Griff zu bekommen.« Der Elf wies bedeutungsvoll auf den Bildschirm, auf dem sich nun wieder etwas tat. »Und wenn es auch im Moment nicht so aussieht, bin ich sicher, dass bei diesen hier noch Hoffnung besteht.«

19. Kapitel

»Guten Morgen, Julia!« Timo rückte sich einen Stuhl zurecht und setzte sich an den Küchentisch.

»Morgen allerseits!«, rief auch Klarissa gutgelaunt und werkelte an der Kaffeemaschine herum. »Frühstück gefällig?«

»Hm«, war das Einzige, was Julia darauf antwortete. Sie saß über die Tischplatte gebeugt und rieb sich ihre Schläfen, hinter denen es schmerzhaft pochte.

Timo sah sie mitleidig an. »Hast du schon ein Aspirin genommen?«

»Zwei«, grummelte Julia und hob langsam den Kopf. »Erinnert mich daran, dass ich nie wieder so viel trinke.«

»Gern.« Timo grinste. »Du siehst aus wie eine wandelnde Leiche.«

»Danke für die Blumen. Ich fühle mich auch so. Weiß einer von euch, wie spät es gestern war?«

Timo und Klarissa sahen einander kurz an. »Kurz nach zwei«, antwortete er schließlich. Und nach einer kurzen Pause setzte er hinzu: »Wir haben uns gewundert, dass du überhaupt nach Hause gekommen bist. Wir dachten, du übernachtest vielleicht bei diesem Gregor.«

Julia stützte den Kopf wieder in ihre Handflächen. »Das hätte ich wohl auch fast. Aber zum Glück war er Gentleman genug, meine Verfassung nicht auszunutzen.«

»Worüber du dich glücklich schätzen solltest, wenn du hörst, was wir erfahren haben«, sagte Klarissa und stellte eine Kanne Kaffee und drei Becher auf den Küchentisch. »Dein Daniel hat seinen Hund nämlich nicht bei dieser Bibi untergebracht.«

»Er ist nicht mein Daniel!«, fuhr Julia heftig auf, doch dann verstummte sie. »Wo denn dann?«

»Bei seinem besten Freund Peter und dessen Frau Carmen.« Klarissa lächelte breit. »Meiner Schwester, erinnerst du dich?«

Sekundenlang starrte Julia sie verblüfft an, doch dann sackte sie wieder in sich zusammen. »Das ist jetzt auch egal«, murmelte sie.

Wieder wechselten Timo und Klarissa einen kurzen Blick.

»Warum?«, fragte Klarissa vorsichtig und legte dann Julia erschrocken einen Arm um die Schultern, als sie eine Träne auf die Tischplatte tropfen sah.

»Dämlich«, flüsterte Julia erstickt. »Ich bin wirklich dämlich. Und jetzt ist es zu spät.«

»He, Daniel, nun wach schon endlich auf! Ich bin schließlich kein Hotel.«

Als er die Stimme seiner Schwester Irina vernahm, schlug Daniel verwundert die Augen auf. Es war inzwischen hell geworden – das Tageslicht blendete ihn, und sofort begann es hinter seinen Schläfen zu pochen. Irritiert blickte er sich um und erkannte nun, dass er sich in der Wohnung seiner Schwester befand – in ihrem Bett.

Vorsichtig richtete er sich auf.

»Na endlich«, kommentierte Irina seine Bemühungen, aus den Federn zu kommen. »Du hast ja geschlafen wie ein Stein. Willst du Kaffee? Ich habe extra starken gemacht. Und beeil dich ein bisschen, ich muss gleich auf der Baustelle sein, sonst reißt Paps mir den Kopf ab.«

Noch immer verwirrt bemühte Daniel sich, auf die Beine zu kommen. Sie trugen ihn erstaunlicherweise sogar. »Hast du heute Nacht neben mir geschlafen?«

Irina musterte ihn spöttisch. »Wo denn sonst, großer Bruder? Oder glaubst du, nur weil ich so nett bin, dich mitten in der Nacht von deinen Eskapaden abzuholen, verderbe ich mir auch noch den Rücken auf meiner Couch?«

»Abgeholt?« Daniel kratzte sich am Kopf. »Du hast mich abgeholt? Von wo?« Ohne auf ihre Antwort zu warten, schlurfte er ins Bad.

Als er eine Weile später wieder herauskam, trieften seine Haare von der raschen Dusche, doch sein Blick war nun wieder einigermaßen klar.

Irina hielt ihm einen Becher mit rabenschwarzem Kaffee hin. »Gegen halb eins heute Nacht klingelte mein Telefon, und eine gewisse Anette bat mich, dich aus ihrer Wohnung abzuholen, da du um einiges zu viel getrunken hättest und dich außerdem in einer grauenvollen seelischen Verfassung befändest.« Sie legte den Kopf auf die Seite. »Und das war noch untertrieben, glaub mir. Was ist bloß in dich gefahren?«

»Hör schon auf. Ich weiß, dass ich einen Fehler gemacht

habe«, knurrte Daniel gereizt. Dann fuhr er sich mit den Fingern durch die nassen Haare. »Ich bin also … ich meine, ich habe nicht …?«

»Etwas mit Anette angefangen?« Irina schüttelte den Kopf. »Dazu warst du gar nicht mehr in der Lage, glaub mir. Außerdem hast du ihr ständig mit Julia in den Ohren gelegen, und wie sehr sie dich enttäuscht hat …« Sie schüttelte erneut den Kopf, diesmal jedoch mit mitleidiger Miene. »Das dürfte Anette jegliche Lust auf eine Affäre genommen haben.« Nun grinste sie wieder. »Aber sie hat es mit erstaunlich viel Humor genommen, das muss ich schon sagen.«

»Ah.« Daniel versuchte, diese Informationen zu verdauen und spürte gleichzeitig ein Gefühl großer Erleichterung in sich aufsteigen. Jedoch nur, bis der Funken einer Erinnerung in ihm aufblitzte. Vor seinem inneren Auge tauchte wieder der halbnackte Mann von Julias Haustür auf und sofort verfinsterte sich seine Miene. »Was soll's«, brummte er. »Die Sache mit Julia ist vorbei. Sie hat mich …«

»Betrogen, meinst du?« Irina schüttelte den Kopf. »Das glaube ich nicht. Als sie gestern bei uns im Hotel war, klang es so, als hätte es da ein ziemliches Missverständnis gegeben.«

»Sie war im Hotel?«, unterbrach Daniel sie erstaunt.

»Gestern Mittag, kurz, nachdem du weggefahren bist«, bestätigte Irina. »Sie wollte dich unbedingt sprechen. Sagte etwas von ihrem Bruder, der überraschend zu Besuch gekommen sei …«

Daniel stöhnte entsetzt auf. »Das war ihr Bruder?« Suchend sah er sich um. »Wo ist dein Telefon?«

Gequält blickte Julia auf ihren Computerbildschirm. Die Zahlen in den Tabellen verschwammen immer wieder vor ihren Augen. An Arbeiten war an diesem Morgen wohl nicht zu denken. Schließlich wandte sie sich davon ab und begann stattdessen, ihren Schreibtisch aufzuräumen.

Als sie gerade den Papierkorb hinaustragen wollte, klingelte das Telefon. Sie zuckte bei dem Geräusch zusammen, griff jedoch tapfer nach dem Hörer. »Sasse?« Sie runzelte die Stirn. »Gregor? Nicht gut, hört man das? Ja, äh, nein. Ich glaube, das ist keine gute Idee. Ich bin einfach noch nicht ...« Sie seufzte. »Heute Abend? Aber ich müsste meiner Schwester bei den letzten Vorbereitungen für Heiligabend helfen. Die ganze Familie wird ... Die Karten hast du schon? Also, ich weiß nicht.« Müde rieb sich Julia die Augen. »Also gut. Aber ich kann nicht versprechen, dass ich ... Na gut, dann bis später.«

»Hast du dich etwa schon wieder mit ihm verabredet?«

Julia fuhr erschrocken zu ihrer Schwester herum, die mit verschränkten Armen in der Tür ihres Arbeitszimmers stand. »Klarissa erzählt mir eben, dass Nick gar nicht bei dieser Bibi – oder wie sie heißt – ist, sondern bei Daniels Freund. Willst du ihn nicht anrufen und mit ihm reden?«

»Nein, das will ich nicht.« Stur verschränkte nun auch Julia ihre Arme vor der Brust. »Er war gestern mit Anette aus und hat sich bestens amüsiert. Ich bin mit ihm fertig.«

Christine hob erstaunt die Augenbrauen. »Wer ist Anette?«

»Eine der Frauen, die auf seine Anzeige geantwortet haben.«

»Und woher ...? Waren sie etwa in demselben Club wie du und Gregor?«

Julia nickte dumpf.

»Hat er dich gesehen?«

Wieder nickte Julia. »Er hat getan, als würde er mich nicht erkennen.«

»Mistkerl!« Christine kräuselte die Lippen. »So habe ich ihn gar nicht eingeschätzt.«

»Meinst du vielleicht, ich hätte das?« Julia unterdrückte die erneut aufsteigenden Tränen. Sie hasste es, so nah am Wasser gebaut zu haben. »Ich dachte wirklich, er ... Aber wie gesagt, das ist vorbei. Ich will nicht mehr darüber sprechen.« Sie bückte sich und kroch unter den Tisch. Mit einem Ruck zog sie den Stecker ihres Telefons aus der Dose. »Und ich will über Weihnachten keine lästigen Anrufe mehr haben. Ich gehe in Urlaub!«

»Wie du meinst.« Skeptisch sah Christine ihr dabei zu, wie sie aufstand und aus dem Zimmer ging. »Was hast du jetzt vor?«

»Ich lege mir ein paar Sachen für heute Abend heraus. Gregor hat Karten für die Eisrevue. Und dann fahre ich einkaufen. Ich muss noch ein paar Geschenke besorgen.«

»Glaubst du, es ist eine gute Idee, sich da einzumischen?« Timo sah seine Schwester skeptisch an. »Die beiden sind schließlich erwachsen. Und wenn es stimmt, dass dieser Daniel sich gleich mit einer anderen getröstet hat, ist er es doch gar nicht wert ...«

»Nun warte doch mal«, unterbrach Klarissa ihn. »Nach allem, was wir bisher gehört haben, kann ich mir nicht vorstellen, dass er so eine Art von Mann sein soll. Peter hat auch nie so was erwähnt, und er ist immerhin sein bester Freund. Soweit ich es mitbekommen habe, hat Daniel nach seiner Scheidung eher wie ein Eremit gelebt.«

»Und hat jetzt Blut geleckt und will alles nachholen, was er verpasst hat«, vermutete Timo sofort.

Klarissa schüttelte den Kopf. »Das glaube ich nicht. Ich vermute eher, dass es in den vergangenen Tagen mehr als ein Missverständnis gegeben hat. Und leider warst du dafür der Auslöser, mein Schatz.«

»Ich?« Timo sah sie empört an.

Klarissa lächelte. »Du hättest dich ihm gleich als Julias Bruder vorstellen sollen. Stattdessen hat er deine Anwesenheit und die Tatsache, dass du ihm nackt die Tür geöffnet hast, in den falschen Hals bekommen.«

»Ich war nicht nackt!«

Christine sah ihn strafend an. »Wie würdest du denn reagieren, wenn du in aller Frühe einen fremden Mann in Boxershorts aus Klarissas Wohnung kommen sehen würdest?«

»Ich würde ihn erwürgen.«

»Aha.«

»Daniel hat mich nicht angegriffen.«

Klarissa nahm Timos Hand. »Bist du schon einmal betrogen worden?«

»Nein.« Irritiert sah er sie an.

»Daniel aber schon. Ich habe mir erlaubt, Carmen vorhin noch einmal anzurufen und sie auszufragen. Daniels Exfrau hat ihn sogar mehrfach betrogen und ist schließlich mit einem der Kerle durchgebrannt. Das hat ihn schwer mitgenommen. Ich schätze, als er dich hier gesehen hat, muss das so eine Art Déjà-vu gewesen sein. Aber statt dich umzubringen, hat er den Schwanz eingezogen und ist weggegangen. Verstehen könnte ich es.«

»Ich auch«, stimmte Christine ihr zu. »Und um sich zu beweisen, dass er kein halber Mann ist oder wertlos oder wie auch immer ihr Kerle in so einer Situation tickt …« Sie stieß ihrem Bruder den Ellenbogen in die Rippen. »… hat er sich mit dieser Anette getroffen.«

»Um sich zu trösten«, fügte Klarissa hinzu.

Timo schwieg nachdenklich.

Christine hingegen schlug energisch mit der Hand auf den Tisch. »Also, Leute, was tun wir, um diesen Schlamassel aufzuklären?«

»Firma Rosenbaum und Söhne, Irina am Apparat? … Wer? Ach, Carmens Schwester, hallo. Was …?« Irina legte ihr Werkzeug zur Seite und lehnte sich gegen die Fensterbank der Hotelsuite. »Nein, Daniel ist nicht hier. Er ist zu einem Kunden außerhalb gefahren, bei dem wir im Januar einen Auftrag haben … Ach ja? … Seid ihr sicher? Ich mische mich ja normalerweise nicht in seine Angelegenheiten ein.« Sie lachte. »Also gut, ich tue es doch, aber er wird nicht begeistert … Heute Abend? Bei der Eisrevue? Aber dafür gibt es doch bestimmt keine Karten mehr … Ach so, ja, das wäre eine Möglichkeit. Ich werde sehen, was ich tun kann. Ja, versprochen.« Nachdem sie die Verbindung unterbrochen hatte, blickte Irina eine Weile sinnierend auf ihr Handy, dann stieß sie sich vom Fensterbrett ab und machte sich auf die Suche nach Janus und ihrem Vater.

»Eine wirklich gelungene Show, nicht wahr?« Zuvorkommend hielt Gregor Julia die Tür zu dem großen französischen Restaurant auf und führte sie zu einem der Tische.

Julia nickte und setzte sich. »Ich bewundere diese Eisläufer immer«, sagte sie. »Nie im Leben könnte ich mich auf Schlittschuhen so sehr verrenken.«

Ein Kellner brachte ihnen die Speisekarten, und nachdem er wieder fortgegangen war, lächelte Gregor ihr zu. »Such dir das Beste und Teuerste aus, Julia. Ich möchte dich gerne verwöhnen.«

Julia blickte ihn verlegen über den Rand ihrer Karte hinweg an. »Das ist nett von dir, Gregor. Aber ich habe dir doch gesagt, dass ich ...«

»Dass du noch etwas Zeit brauchst, ich weiß.« Sein Lächeln blieb unverändert. »Trotzdem möchte ich dich fragen, ob du nicht Weihnachten mit mir verbringen möchtest.«

»Weihnachten verbringe ich immer mit meiner Familie. Wir planen ein großes Fest, das hatte ich dir doch erzählt.«

Gregor nickte und streckte die Hand aus, um damit die ihre zu umfassen. »Natürlich hast du das. Aber ich dachte, wir könnten zumindest morgen, am Heiligen Abend, zusammen ...« Er brach ab und starrte hinüber zum Eingang des Lokals.

»Was ist denn?« Irritiert drehte Julia sich um und erstarrte, als sie den Mann erkannte, der in diesem Moment auf sie zukam.

Daniel fühlte sich ganz und gar nicht wohl in seiner Haut. Er war Julia und Gregor vom Eisstadion aus bis zu diesem französischen Restaurant gefolgt und kam sich dabei vor wie ein Idiot. Die beiden schienen sich gut zu verstehen und sehr vertraut miteinander zu sein. Hatte es wirklich Sinn, sich da noch einzumischen? Auf der anderen Seite hatte er einen Fehler gemacht, und diese Sache musste er wohl oder übel aufklären, und sei es auch nur, um danach wieder ruhig schlafen zu können. Denn je länger er Julia und Gregor zusammen sah, desto deutlicher wurde ihm, dass seine eigenen Chancen bei ihr nur noch verschwindend gering waren. Es war Irinas Idee gewesen, an diesem Abend mit Julia zu sprechen. Lange hatte sie auf ihn eingeredet und ihm auseinandergesetzt, dass es seine Pflicht sei, die Sache aufzuklären.

Entschlossen betrat er das Lokal und ging auf den Tisch der beiden zu.

»Daniel!« Julia starrte ihn mit großen Augen an. »Was willst du hier?« Ihre Stimme klang kühl und ein bisschen brüchig.

Er atmete tief ein. »Mit dir reden, Julia. Wenn du erlaubst ...«

»Nein.« Ihre Miene wurde verschlossen, und sie wandte sich wieder ab. »Ich habe dir nichts mehr zu sagen, Daniel.«

»Bitte, Julia, ich weiß, dass ich Mist gebaut habe ...«

»Mist gebaut?« Erneut fuhr sie zu ihm herum und funkelte ihn wütend an. »Das kannst du laut sagen. Großauftrag im Hotel, das ich nicht lache! Du hast mich belogen ... und betrogen.«

Daniel starrte sie entsetzt an. »Aber das stimmt doch gar nicht.«

»Ach nein? Dann warst du gestern also nicht mit Anette tanzen, hast mit ihr herumgemacht und ... ich will gar nicht wissen, was noch?« Sie schüttelte den Kopf. »Vergiss es, Daniel. Ich habe dir nichts mehr zu sagen. Bitte geh jetzt.«

»Julia ...« Daniel fuhr sich verstört durch die Haare. Er

hatte nicht gewusst, dass sie ihn gestern im Club gesehen hatte, ja, er erinnerte sich nicht einmal daran, dass sie auch dort gewesen war. »Lass mich bitte erklären …«

»Hören Sie, Mann.« Nun stand Gregor von seinem Platz auf und trat ihm mit finsterem Blick entgegen. »Sie haben doch gehört, dass Julia nichts mehr von Ihnen wissen will. Also verschwinden Sie jetzt von selbst von hier, oder muss ich nachhelfen?« Der drohende Unterton in Gregors Stimme war deutlich zu vernehmen.

Sekundenlang starrten sich die beiden Männer feindselig in die Augen. Dann wandte sich Daniel wieder Julia zu. »Du musst mir glauben – es ist nicht so, wie es aussieht …«

»Das ist es doch nie«, sagte Gregor höhnisch. »Sehen Sie zu, dass Sie Land gewinnen. Und lassen Sie Julia in Ruhe. Wir möchten zukünftig nicht mehr von Ihnen behelligt werden, nicht wahr, mein Schatz?« Gregor lächelte Julia warmherzig zu.

Daniel starrte die beiden einen Augenblick lang an, dann trat er einen Schritt zurück. »So ist das also.« Seine Miene verschloss sich, und er nickte Julia noch einmal knapp zu. »Entschuldige, dass ich dich belästigt habe. Wird nicht wieder vorkommen.« Damit wandte er sich um und ging zurück zum Ausgang.

»Daniel!« Julia blickte ihm hin- und hergerissen nach.

Doch Gregor legte ihr rasch eine Hand auf den Arm. »Lass ihn! Was auch immer zwischen euch vorgefallen ist – es ist besser, du beendest es gleich, dann weiß er Bescheid, und du hast deine Ruhe.« Er lächelte sanft. »Und wir können in Frieden unser Essen einnehmen und den morgigen Heiligabend planen.«

Julia blickte noch einmal zur Tür hinüber, doch Daniel war längst hinaus auf die Straße getreten. Dann wandte sie sich wieder Gregor zu und funkelte ihn wütend an. »Hatte ich dir nicht bereits gesagt, dass ich Heiligabend mit meiner Familie verbringen werde? Und wie kommst du dazu, so zu tun, als seien wir ein Paar?«

Gregor hob lediglich eine Augenbraue leicht an. »Sind wir das denn nicht?«

»Nein, das sind wir nicht«, fauchte Julia erbost. »Und ich wäre dir sehr dankbar, wenn du dich nicht in meine Angelegenheiten einmischen würdest.«

»Der Kerl hat uns beim Essen gestört. Und du hast selbst gesagt, er hätte dich betrogen.«

»Und wenn schon! Ich wäre auch alleine mit ihm fertig geworden.«

Beleidigt verzog Gregor die Mundwinkel. »Ich wollte dir nur behilflich sein.«

Julia versuchte, sich ein wenig zu entspannen. »Ich weiß, Gregor. Aber ich bin erwachsen und kann solche Dinge selbst regeln.«

Als in diesem Moment der Kellner an den Tisch trat, um ihre Bestellung aufzunehmen, winkte sie ab und stand auf. »Entschuldige, Gregor, aber mir ist der Appetit vergangen. Ich nehme ein Taxi nach Hause.«

Eilig stand auch Gregor auf. »Ich kann dich doch bringen!«

»Nein, danke.« Sie schüttelte den Kopf und zog sich ihren Mantel an.

»Dann rufe ich dich morgen an und wir ...«

»Nein, Gregor.« Sie trat einen Schritt auf ihn zu und sah

ihm fest ins Gesicht. »Ich möchte nicht, dass du mich anrufst, und ich möchte mich auch nicht mehr mit dir treffen.« Sie atmete tief durch. »Ich hätte heute schon nicht mehr mit dir ausgehen sollen. Es tut mir sehr leid, aber … es passt einfach nicht.« Sie nickte ihm noch einmal kurz zu. »Machs gut.« Damit drehte sie sich um und ließ ihn stehen.

20. Kapitel

»Es hat nicht funktioniert«, flüsterte Klarissa Christine zu. Beide standen in Christines Küche und schälten Kartoffeln für den traditionellen Kartoffelsalat, von dem die Familie am Heiligen Abend Unmengen zu verspeisen pflegte. »Sie kam gestern Abend mit dem Taxi nach Hause und macht seither ein Gesicht wie zehn Tage Regenwetter.«

Christine blickte durch den Türspalt ins Wohnzimmer, wo Julia gerade dabei war, den Weihnachtsbaum zu schmücken. Christines gerade dreijähriger Sohn half ihr dabei, indem er Julia eine Christbaumkugel nach der anderen aus dem großen Pappkarton am Boden anreichte. Dabei plapperte er fröhlich auf seine Tante ein. »Hast du sie gefragt, wie es gestern gelaufen ist?«

Klarissa nickte und füllte die erste Ladung Kartoffeln in den großen Kochtopf um. »Sie wollte erst nicht damit herausrücken, aber dann hat sie gesagt, sie hätte mit Gregor Schluss gemacht.«

»Und was ist mit Daniel? War er dort? Hat er mit ihr geredet?«

»Ich weiß es nicht.« Ratlos zuckte Klarissa mit den Schultern. »Sie hat ihn nicht erwähnt. Also war er entweder nicht da, oder die beiden haben sich endgültig zerstritten.«

Christine füllte Wasser zu den Kartoffeln, gab Salz dazu und stellte den Topf auf den Herd. »Kannst du nicht noch mal seine Schwester, diese Irina anrufen? Sie hatte doch versprochen, uns zu helfen. Vielleicht weiß sie ja etwas.«

Schweigend stand Silvia Rosenbaum in der Küchentür und sah ihrem Sohn dabei zu, wie er sich mit dem Anbringen der Lichterkette an dem großen Weihnachtsbaum abmühte. Sein wie versteinert wirkender Gesichtsausdruck bereitete ihr große Sorgen. Als Irina hinter ihr auftauchte und die Weidenkörbchen für das Gebäck auf dem Küchentisch abstellte, drehte Silvia sich zu ihr um. »Was ist mit Daniel los?«, fragte sie im Flüsterton. »Neulich schien er noch so glücklich zu sein und jetzt …«

Irina trat neben sie und warf ebenfalls einen Blick ins Wohnzimmer. Eben kamen Janus und ihr ältester Bruder Erik mit einem Karton voller Christbaumschmuck herein. Ihre Frauen sowie Lidia, die jüngste der Rosenbaum-Geschwister, waren unterdessen dabei, das Silberbesteck und den großen Kerzenleuchter für das Chanukka-Fest zu polieren. »Er hat sich wegen eines blöden Missverständnisses von Julia getrennt.«

Silvia sah sie verwundert an. »Was für ein Missverständnis?«

Irina hob die Schultern. »Eine lange Geschichte. Gestern wollte er sich mit ihr aussprechen, aber es sieht aus, als wäre es nicht gut gelaufen.«

Streng sah Silvia ihre Tochter an. »Was weißt du darüber?«

»Nicht viel.« Irina legte den Finger an die Lippen, als Daniel zu ihnen herübersah, und sprach erst weiter, nachdem er sich erneut dem Baum zugewandt hatte. »Er glaubt, dass Julia ihn betrogen hat.«

»Auweia.« Silvia verzog schmerzlich das Gesicht.

»Hat sie aber gar nicht«, beruhigte Irina sie sofort. »Aber irgendwie kriegen wir sie jetzt nicht mehr dazu, ruhig miteinander zu sprechen und die Sache aus der Welt zu schaffen.«

»Ihr?« Fragend hob Silvia den Kopf.

Irina lächelte schief. »Julias Bruder und Schwester und ihre zukünftige Schwägerin Klarissa ... und ich ...« Sie seufzte. »... und Peter und Carmen, die zufällig Klarissas Schwester ist.«

Sprachlos starrte Silvia ihre Tochter an, dann zuckte es um ihre Mundwinkel. »Mischpoke, wie?«

Irina nickte.

Schmunzelnd hob Silvia den Zeigefinger. »Haltet euch lieber da heraus. Du weißt, wie schwer es dein Bruder hatte.«

»Ja, aber gerade deswegen ...« Irina brach ab, als ihr Handy klingelte. Rasch zog sie es aus der Hosentasche und meldete sich. »Ach, hallo Klarissa!« Auf Silvias neugierigen Blick hin legte Irina noch einmal kurz den Zeigefinger an die Lippen und ging dann rasch hinaus in den Flur. »Wie? Entschuldige, ich musste nur schnell außer Hörweite gehen ... Nein, Daniel hat gar nichts gesagt«, flüsterte sie. »Aber er war dort, ich bin ganz sicher ... Keine Ahnung. Hast du sie gefragt? ... Also gut, ich versuche es. Vielleicht kriege ich es ja aus ihm heraus. Ich melde mich wieder, okay?«

Irina beendete das Gespräch und wollte zurück in die Küche gehen, doch als sie sich umdrehte, stieß sie beinahe mit Daniel zusammen, der sie schweigend ansah. »Oh. Hallo, Bruderherz.« Sie versuchte, ein belangloses Lächeln aufzusetzen. »Seid ihr mit den Lichterketten schon fertig?«

Daniel fixierte sie weiter. Seine Miene verhieß nichts Gutes. »Was kriegst du aus mir heraus? Mit wem hast du da gerade telefoniert?«

»Ich, äh ...« Irina wand sich. »Das war Klarissa. Eine ... also, die Schwester von Carmen.« Sie holte tief Luft. »Sie ist mit Julias Bruder verlobt.«

Daniels Miene verfinsterte sich noch mehr. »Was geht hier vor, Irina? Wollt ihr mich zum Narren halten?«

Verlegen biss Irina sich auf die Unterlippe. »Nein, Daniel, bestimmt nicht. Wir haben nur ...«

In diesem Moment klingelte das Telefon. Augenblicke später kam Silvia in den Flur. »Daniel, es ist für dich. Peter.«

Stirnrunzelnd nahm Daniel den Hörer entgegen. »Was gibt es?« Er lauschte kurz und seine Augen weiteten sich erschrocken. »Wann ist das passiert? Und wo?« Er ging zur Garderobe und nahm seinen Mantel vom Haken. »Okay, ich bin schon unterwegs.«

21. Kapitel

»Also ich weiß nicht.«

Während der Weihnachtsmann am Schreibtisch saß und die letzten Wunschzettel-E-Mails beantwortete, stand seine Frau mit verschränkten Armen vor den Videobildschirmen und beobachtete die Vorgänge auf der Erde. »Ob das wirklich so ein guter Plan ist? Was, wenn Nick dabei etwas zustößt?«

Santa Claus hob kurz den Kopf und lächelte. »Was soll ihm schon zustoßen? Wenn er sich an unsere Abmachung hält, kann doch gar nichts schiefgehen.« Er klickte ein letztes Mal auf den Senden-Button seines E-Mail-Programms und schaltete den Computer dann aus. »Ist das Rentiergespann fertig? Ich glaube, es wird so langsam Zeit für mich.«

Seine Frau schaute prüfend zur Wanduhr hinauf. »Du hast recht, der Heilige Abend beginnt.« Sie lächelte ihm zu. »Ich wünsche dir viel Glück auf deiner Reise um die Welt«, sagte sie und gab ihm einen Kuss auf die Wange. »Mach die Menschenkinder glücklich.« Noch einmal schielte sie zu einem bestimmten Bildschirm hinüber. »Und pass bitte auf Nick auf.«

Santa Claus nickte und zog sich seinen dicken roten Mantel über. »Das werde ich, versprochen.« Auch er blickte zu dem Bildschirm und seufzte. »Und mit etwas Glück wird dies ein ganz besonderes Weihnachtsfest.« Lächelnd eilte er hinaus zu seinem großen Schlitten, der über und über mit Geschenken bepackt war. Die Rentiere in ihrem neuen Geschirr hüpften schon übermütig auf und ab, und Rudolfs rote Nase blinkte wie immer in einem fröhlich leuchtenden Rot.

Santa Claus stieg auf den Schlitten und nahm die Zügel in die Hände. »Ho ho ho! Auf geht's, meine Freunde!«, rief er, und im nächsten Moment zogen die Rentiere an und trugen den Schlitten hinauf in die Lüfte.

22. Kapitel

Julia hatte sich rasch noch einmal umgezogen, nachdem Max ihr ein Glas Saft über die Hose gegossen hatte. Sie gab ihren beiden Stubentigern noch eine Extraportion Katzenfutter und ging dann wieder hinüber zum Haus ihrer Schwester. Es war zwar erst vier Uhr nachmittags, doch ihre Eltern waren bereits vorgefahren und wurden gerade mit viel Hallo begrüßt. Und obwohl Julia nicht im Geringsten in Weihnachtsstimmung war, riss sie sich zusammen und half Christine, Gebäck und Kuchen aufzutragen. Nach und nach traf auch der Rest der Familie – Onkel und Tanten sowie die Großeltern – ein, und man versammelte sich zu einer fröhlichen Kaffeetafel um den großen Esstisch. Und wie erwartet schlugen die Nachrichten über Timos und Klarissas Verlobung und den bevorstehenden Familienzuwachs wie eine Bombe ein. Glückwünsche flogen hin und her, jeder schien jeden zu umarmen. Julia hatte einen Moment lang den Eindruck, dass sogar die Kerzen in den Leuchtern und die Birnchen an der Lichterkette im Weihnachtsbaum heller leuchteten. Auch sie freute sich sehr für ihren Bruder und dessen zukünftige Frau und bemühte sich redlich, jeden Gedanken an Daniel zu verbannen. Stattdessen begann sie, den selbstgebackenen Kuchen und ihr Früchtebrot aufzuschneiden und auf die Teller zu verteilen.

Als sie ihrem Vater seinen Teller reichte, lächelte er ihr mit einem verschmitzten Zwinkern zu. »Danke, mein Mädchen. Es scheint, als wärest du nun die Letzte, die wir noch unter die Haube bringen müssen.« Er blinzelte erneut. »Sag mal, tut sich denn bei dir noch gar nichts auf dem Sektor der Liebe?«

Klarissa, Timo und Christine verstummten und sahen zu Julia herüber.

Julia erstarrte, stellte den Teller langsam auf dem Tisch ab, dann schob sie ihren Stuhl zurück, stand mit steifen Bewegungen auf und verließ eilig den Raum.

»O je«, murmelte Christine und stand ebenfalls auf. »Ich sehe nach ihr.«

Erich Sasse blickte irritiert in die Runde. »Habe ich was Falsches gesagt?«

Christine fand Julia vor der Haustür, wo sie trotz der Kälte auf der oberen Treppenstufe saß und zur Straße starrte. Sie hatte sich ihren Mantel untergelegt und die Arme um ihre Knie verschränkt. Christine stieß sie betont burschikos an. »Rück mal ein bisschen zur Seite!« Sie setzte sich neben ihre Schwester und beobachtete schweigend die Schneeflocken, die seit einer Weile schon vom Himmel fielen und der frostigen Landschaft weiche Konturen verliehen. Es war bereits dunkel, und in den Fenstern der Nachbarhäuser leuchteten Sterne und Lichterketten.

»Ich bin ein dummes Huhn«, sagte Julia. »Geh ruhig wieder rein, ich komme gleich nach.«

Christine legte ihr eine Hand auf den Arm. »Papa konnte das mit Daniel doch nicht wissen.« Sie zögerte. »Und ich hätte nie gedacht, dass dich die Sache so sehr mitnimmt. Du kennst ihn doch erst seit so kurzer Zeit.«

»Das meine ich doch.« Julia legte den Kopf auf ihre Arme. »Wie dumm kann man sein, sich innerhalb von drei Wochen in einen Kerl zu verlieben, der dann …«

»Hey!« Besorgt zog Christine ihre Schwester an sich. »Die

Liebe geht oft seltsame Wege. Das kann man nicht immer beeinflussen.« Sie seufzte. »Hätte ich gewusst, dass diese simple Kontaktanzeige für ein derartiges Chaos sorgt …«

Julia hob den Kopf und sah sie an. »Dann hättest du mich trotzdem dazu überredet.« Sie lächelte traurig. »An der Anzeige selbst lag es ja auch gar nicht. Hätte es nicht diesen blöden Stromausfall gegeben, wäre im Zeitungsverlag nicht der Computer abgestürzt. Und dann hätte ich mich vielleicht in Gregor verliebt und würde jetzt mit ihm irgendwo schick essen gehen.«

Christine legte den Kopf auf die Seite. »An Heiligabend? Ohne deine Familie?«

Julia zuckte mit den Schultern. »Vielleicht hätte ich ihn ja auch mitgebracht. Aber er scheint nicht so der Familienmensch zu sein.«

»Dann hättest du dich auch ganz sicher nicht in ihn verliebt«, schloss Christine. »Du hättest vielleicht eine nette Zeit mit ihm verbracht, aber dann …« Sie brach ab und hob alarmiert den Kopf. »Was war das?«

Auch Julia merkte auf, denn von irgendwoher erklang das laute Bellen und Jaulen eines Hundes. »Ich weiß nicht, irgendwo in der Nachbarschaft …« Sie sprang auf. »Das kommt von meinem Grundstück!« Sie wollte schon loslaufen, doch Christine hielt sie fest. »Warte, zieh dir den Mantel an! Es ist eiskalt.«

Julia kam noch einmal zurück, warf sich ihren Mantel über und eilte zu ihrem Grundstück hinüber. Auf dem vereisten Gehweg zwischen den Häusern wäre sie beinahe ausgerutscht und gestürzt, konnte sich jedoch gerade noch fangen. Verblüfft blieb sie an ihrer Gartenpforte stehen, als ein grau-schwarzer Schäferhundmischling mit freudigem Jaulen auf sie zugeschossen kam und sie wie wild umtänzelte.

»Nick! Was machst du denn hier?« Sie streichelte den Hund und blickte sich suchend um. »Ist dein Herrchen auch hier?«

Nick bellte und sprang aufgeregt an ihr hoch.

Da sie Daniel weit und breit nicht sah, ging sie neben Nick in die Hocke, der sich nun doch langsam beruhigte und sich auf ihr Kommando brav hinsetzte. »Wie kommst du denn hierher?«, fragte sie. »Bist du Daniel etwa ausgebüxt?«

Fröhlich schleckte Nick ihr übers Gesicht und hob dann eine Vorderpfote an. Julia lachte kurz auf, wurde jedoch sofort wieder ernst. »Was machen wir denn nun mit dir?« Besorgt schaute sie sich um.

In diesem Moment kamen eilige Schritte näher. »Was ist denn los?«, wollte Christine wissen, die sich ebenfalls in einen dicken Mantel gewickelt hatte und Julia einen breiten Wollschal reichte. »Das ist ja Nick!«, rief sie überrascht aus. »Wie kommt der denn hierher?«

»Keine Ahnung.« Julia richtete sich wieder auf und wand sich den Schal um den Hals. »Ich glaube, er ist Daniel weggelaufen. Ich ...« Sie zögerte nur kurz. »Ich werde ihn anrufen. Bestimmt macht er sich schon Sorgen.«

»Tu das!« Christine nickte. »Ich passe so lange auf den Ausreißer auf.« Sie führte Nick am Halsband zurück auf das Grundstück und schloss die Gartenpforte hinter sich. Julia lief indes rasch ins Haus und wählte Daniels Nummer. Sie ließ es lange klingeln, doch schließlich meldete sich nur sein Anrufbeantworter. Nachdem sie ihm eine kurze Nachricht hinterlassen hatte, versuchte sie es auf seinem Handy, aber so oft sie es auch versuchte, sie kam nicht durch. Schließlich gab sie es fluchend auf und ging wieder nach draußen. »Er ist nicht zu Hause«, berichtete sie. »Und auf dem Handy kriege ich einfach keine Verbindung. Ich weiß auch nicht, was da los ist.«

Christine hockte vor Nick und kraulte ihn hinter den Ohren. Nun stand sie auf. »Es ist Heiligabend. Bestimmt sind die Netze alle überlastet«, vermutete sie. »Dann musst du Nick zu ihm bringen.«

Julia schüttelte den Kopf. »Wie denn, wenn ich nicht weiß, wo er ist?«

»Bei seiner Familie, würde ich vermuten«, schlug Christine vor.

»Ich kenne ihre Adresse aber nicht.«

»Birkenallee zwanzig.«

Verblüfft starrte Julia ihre Schwester an. »Woher weißt du das?«

Christine biss sich verlegen auf die Lippen. »Na ja, ich ... wir haben, äh ... im Telefonbuch nachgeschaut«, fiel ihr die rettende Lösung ein. Julia brauchte ja nicht zu erfahren, dass Timo, Klarissa und sie sich hinter Julias Rücken mit Daniels Schwester verbündet hatten. »Wegen der Elektrofirma«, fügte sie rasch hinzu. »Man kann ja schließlich nie wissen, wann man ...«

»Schon gut, schon gut.« Julia winkte ab. »Ich bringe ihn zu Daniels Eltern, und wenn ich zurück bin, helfe ich bei den Vorbereitungen fürs Abendessen.«

»Quatsch, beeil dich bloß nicht bei diesem Wetter«, winkte Christine ab. »Das ist viel zu gefährlich.«

Gemeinsam verfrachteten sie Nick auf den Rücksitz von Julias Auto. Dann fuhr Julia los. Die Birkenallee lag nicht allzu weit entfernt ebenfalls in einem Außenbezirk der Stadt. Wie überall waren auch hier die Häuser und Vorgärten festlich mit Lichterketten und beleuchteten Weihnachtsfiguren geschmückt. Die Fenster der Häuser waren fast alle hell erleuchtet – überall wurde der Heilige Abend gefeiert.

Da die Straßen nicht gestreut waren, konnte Julia nur sehr langsam fahren und war erleichtert, als sie schließlich das Haus mit der Nummer zwanzig erreichte. Unzählige Lichter und ein über und über geschmückter Weihnachtsbaum begrüßten sie schon von der Straße aus. Rasch ließ sie Nick auf die Straße und winkte ihm, ihr zu folgen.

An der Haustür wurde sie von einem offenbar von Kinderhand selbst gefertigten Schild empfangen, auf dem in bunten Lettern *»Frohes Chanukka und Frohe Weihnachten«* geschrieben stand. Aus dem Fenster neben dem Eingang, das den köstlichen Gerüchen nach, die herauswehten, offenbar zur Küche gehörte, drang leise Musik. Auch Stimmen vermeinte Julia zu hören – bestimmt wurde auch hier bereits gefeiert. Unschlüssig blieb sie einen Moment vor der Tür stehen.

»Was soll's!« Sie zuckte mit den Schultern und klingelte.

»Ja, bitte?« Silvia Rosenbaum öffnete die Tür, und als sie Julia erkannte, hob sie überrascht die Augenbrauen. »Julia, Sie sind es! Was …?« Nun bemerkte sie Nick. »Ach, du liebe Zeit, Sie haben Daniels Hund gefunden!« Rasch trat sie einen Schritt zurück. »Kommen Sie doch herein! Wir sind schon alle ganz aufgeregt, weil Nick verschwunden ist. Wissen Sie, nachdem …« Verlegen hielt sie inne, sprach dann aber doch weiter: »Nachdem Daniel den Hund von Ihnen abgeholt hat, kümmerten sich sein Freund Peter und dessen Familie um ihn. Heute Nachmittag wollten sie ihn wieder hierher bringen, aber dabei hat Nick sich wohl irgendwie losgerissen und ist weggelaufen. Daniel sucht schon seit zwei Stunden nach ihm.«

»Tja, also …« Julia lächelte etwas gequält.

In diesem Moment kam Daniels Schwester Irina in den Flur. »Mama, wer war denn an der Tür? Oh, Julia! Was …?«

»Sie hat Nick gefunden«, erklärte Silvia. »Wo hat er sich denn herumgetrieben?«

Julia zuckte mit den Schultern. »Er lief bei mir am Haus herum.«

»Bei Ihnen?« Irina sah sie überrascht an. »Dann scheint er sie offenbar sehr zu mögen …« Sie brach ab und wandte sich an ihre Mutter. »Mama, ruf doch Daniel schnell auf dem Handy an, damit er weiß, dass Nick in Sicherheit ist.«

Silvia nickte und verschwand im Wohnzimmer. Irina musterte Julia neugierig. »Es ist nett, dass Sie Nick hergebracht haben. Aber warum haben Sie sich nicht gleich bei Daniel gemeldet? Oder … wollen Sie vielleicht nicht mit ihm sprechen?«

Julia senkte den Kopf und biss sich verlegen auf die Unterlippe. »Ich habe versucht, ihn zu erreichen, aber anscheinend sind die Handynetze überlastet.« Sie hob den Kopf wieder. »Und um Ihre zweite Frage zu beantworten: Ich tue das bloß wegen Nick. Mit Daniel will ich nichts mehr zu tun haben. Ich weiß, Sie sind seine Schwester und deshalb auf seiner Seite, aber selbst Sie müssten verstehen, dass sein Verhalten mir gegenüber …«

»Warte mal!« Irina hob die Hand und trat auf Julia zu.

Eindringlich sah sie sie an. »Jetzt hör mir mal zu, und entschuldige, dass ich dich duze, Julia, aber so redet es sich leichter.« Irina holte tief Luft. »Ich weiß, dass Daniel wegen deines Bruders auf dem Holzweg war und dass er vorschnell und dämlich gehandelt hat. Wenn du wüsstest, wie übel ihm seine Exfrau mitgespielt hat, würdest du es vielleicht verstehen. Aber das ist doch kein Grund, nicht mehr mit ihm zu sprechen.«

»Wenn es nur das gewesen wäre, würde ich dir recht geben ...«, begann Julia, doch Irina unterbrach sie.

»Ich war noch nicht fertig.« Sie lächelte, um ihren groben Ton zu entschärfen. »Du bist nämlich auch nicht ganz unschuldig an dem Schlamassel, in den ihr euch geritten habt.«

»Ich?« Entrüstet starrte Julia Irina an.

Irina nickte. »Du bist immerhin mit diesem anderen Kerl – wie war noch sein Name? – ausgegangen.«

»Gregor.« Julia zog den Kopf zwischen die Schultern. »Das war blöd, ich weiß. Ich dachte, Daniel würde sich mit Bibi treffen ...«

»Wer ist Bibi?« Irina legte den Kopf auf die Seite. »Ist ja egal. Er hat sich mit niemandem getroffen ...«

»Ach, dann ist Anette also niemand?«, fuhr Julia auf. »Das wundert mich aber. Für einen Niemand scheint sie doch sehr gut zu küssen. So sah es zumindest aus.«

»Ach herrje!« Irina zuckte zusammen. »Dann hast du sie also zusammen gesehen?«

»Live und in Farbe!«, knurrte Julia und wollte sich abwenden.

Irina hielt sie rasch am Ärmel ihres Mantels fest. »Warte! Du ziehst jetzt genauso falsche Schlüsse wie vorher Daniel. Sicher, es war ausnehmend dämlich von ihm, in diesen Club zu gehen und sich wie ein Verrückter zu betrinken. Und ohne einen gehörigen Alkoholpegel hätte er sich auch bestimmt nicht mit dieser Anette abgegeben. Er ...« Irina rieb sich die Stirn. »Er ist ziemlich versackt. Das ist früher schon mal vorgekommen, nach der Scheidung von Tina. Aber du musst mir glauben, da ist nichts passiert zwischen ihm und Anette.«

»Ach nein? Das sah aber anders aus, als sie zusammen den Club verlassen haben.«

»Kann sein.« Irina legte ihr nun beschwörend eine Hand auf den Arm. »Aber ich weiß ganz genau, dass da nichts war, denn kurz, nachdem Anette mit ihm den Club verlassen hatte, rief sie mich an und bat mich, Daniel abzuholen, weil er erstens total betrunken war und zweitens andauernd von dir gesprochen hat.«

Julia verzog skeptisch das Gesicht.

Rasch sprach Irina weiter. »Es ist wahr, Julia. Ich habe ihn mit in meine Wohnung genommen, und auch da konnte er sich kaum beruhigen. Es tut ihm wirklich leid, was da zwischen euch passiert ist, das musst du mir glauben. Kann sein, dass sich mein Bruder wie ein absoluter Idiot verhalten hat, aber ich glaube, er mag dich wirklich sehr ... Na ja, und wir hatten gehofft, dass ihr euch aussprecht, wenn er dich nach der Eisrevue abpasst ...«

»Wie bitte?« Verblüfft riss Julia die Augen auf. »Was soll das heißen?«

Nun war es an Irina, sich verlegen auf die Lippe zu beißen. »Wir dachten, wir tun eine gute Tat, deshalb habe ich Daniel überredet, nach der Eisrevue zu dir ...«

»Wer wir?«

Irina lächelte zaghaft. »Außer mir noch dein Bruder Timo und Klarissa und deine Schwester Christine.«

»Ihr steckt alle unter einer Decke?« Schockiert schüttelte Julia den Kopf. »Ich glaube es einfach nicht.«

»Doch nur, um euch zu helfen«, versuchte Irina sich zu rechtfertigen. »Wir dachten …«

In diesem Moment kam Silvia wieder in den Flur. »Wir können Daniel nicht erreichen. Offenbar ist das Handynetz überlastet. Also müssen wir wohl warten, bis er von sich aus anruft oder zurückkommt.«

»Ich gehe jetzt«, sagte Julia und ging zurück zur Tür.

»Warte!« Irina folgte ihr aufgeregt. »Was ist denn nun mit euch? Werdet ihr …«

Doch Julia war bereits nach draußen getreten und wandte sich nicht mehr um. Gerade als sie ihr Auto erreicht hatte, hörte sie hinter sich aufgeregte Rufe.

»Hey, halt! Hiergeblieben!«

Im nächsten Moment sauste Nick an ihr vorbei über die Straße und rannte laut bellend davon.

»Halt ihn auf!«, rief Irina und kam ebenfalls auf die Straße gelaufen, doch da war Nick bereits zu weit entfernt. »Verflixt!«, fluchte sie. »Was ist nur mit diesem Hund los? Warum läuft er denn plötzlich immer wieder weg?«

Julia setzte sich rasch hinters Steuer. »Ich versuche, ihn wieder einzufangen«, versprach sie und ließ den Motor an. Vorsichtig, damit sie auf der glatten Straße nicht ins Schleudern kam, nahm sie die Verfolgung auf.

Schon leicht erschöpft durchquerte Daniel den Stadtpark und ging zu seinem Wagen zurück. Vielleicht sollte er noch einmal an seiner Wohnung vorbeifahren, doch das hatte er in den vergangenen Stunden bereits dreimal getan. Nick war wie vom Erdboden verschluckt. Daniel hatte das Gefühl, bereits die ganze Stadt nach ihm abgesucht zu haben – zumindest war er überall gewesen, wo er mit Nick schon einmal spazieren gegangen war. Sogar beim Tierheim war er vorbeigefahren.

Inzwischen hatte sich ärgerlicherweise auch noch der Akku seines Handys verabschiedet, und natürlich hatte er das Ladegerät im Lieferwagen liegenlassen. Langsam fuhr er um den Park herum und bog schließlich in die Straße ein, in der Julias Haus stand. Auch hier war er schon einmal gewesen, ganz zu Anfang seiner Suche. Doch da hatte Julias Haus – wie jetzt auch – in völliger Dunkelheit gelegen. Keine Spur von Nick weit und breit.

Inzwischen war ihm eingefallen, dass sie wahrscheinlich nebenan bei ihrer Schwester zu Besuch war. Sie hatte ihm ja erzählt, dass die Familie dort ein großes Fest geplant hatte. Doch er wollte sie mit Nicks Verschwinden nicht behelligen. Vielleicht feierte dieser Gregor ja bereits mit, und auf noch ein Zusammentreffen mit ihm konnte Daniel verzichten.

Er wusste nicht recht, was ihn bewog, dennoch vor Julias Haus anzuhalten, doch als er ausstieg, sah er im Schnee die Abdrücke von Pfoten. Zum Glück hatte es vor kurzem zu schneien aufgehört, sonst wären sie ihm wohl gar nicht aufgefallen. Natürlich konnte auch irgendein anderer Hund hier entlang gelaufen sein, doch die Spuren führten genau auf die jetzt verschlossene Gartenpforte zu. Erleichtert öffnete Daniel das kleine Tor und folgte den Spuren bis zum

Haus. Dort mischten sich die Pfotenabdrücke mit denen von Schuhen, also hatte Julia Nick wohl bemerkt. Doch wohin hatte sie ihn gebracht?

Daniel klingelte bei Julia, obwohl er sich klar war, dass es sinnlos war. Das Haus lag im Dunklen, Julia war sicher nicht zu Hause. Als niemand öffnete, ging Daniel entschlossen hinüber zum Haus ihrer Schwester und klingelte dort.

Diesmal dauerte es nicht lange, bis jemand ihm öffnete.

»Daniel!« Christine sah ihn überrascht an. »Schön, dich zu sehen. Komm doch herein!«

»Nein.« Er hob abwehrend die Hände. »Ich wollte nur fragen, ob du weißt, wo Nick steckt. Er ist heute Nachmittag ausgerissen, und ich suche ihn schon seit Stunden. Eben sah ich Spuren bei Julias Haus ...«

»Dann hat sie dich noch immer nicht erreicht?« Da Daniel keine Anstalten machte, hereinzukommen, nahm sich Christine ihre Jacke und trat vor die Tür. »Nick tauchte plötzlich bei Julias Haus auf. Wir waren gerade zufällig draußen, sonst hätten wir ihn wahrscheinlich gar nicht bemerkt. Julia hat versucht, dich anzurufen, aber die Handynetze schienen ...«

»Mein Akku ist leer.«

»Oh. Aha.« Sie nickte. »Sie ist zum Haus deiner Eltern gefahren, um Nick dort abzuliefern. Das ist schon eine Weile her, also wird sie sicher bald zurück sein.«

Daniel atmete auf. »Das ist gut. Dann werde ich am besten gleich nach Hause fahren.« Er wandte sich zum Gehen. »Bitte richte Julia meinen Dank aus.«

»Moment mal!«, hielt Christine ihn auf.

Daniel blieb stehen.

»Willst du nicht lieber selbst mit ihr reden?«

»Wozu?« Ablehnend schüttelte Daniel den Kopf. »Ich glaube nicht, dass das einen Sinn hat. Ich denke, sie hat sich entschieden.«

»Und für was hat sie sich entschieden?«, erklang hinter Christine eine Männerstimme. Timo trat an die Tür, dicht gefolgt von Klarissa. »Oder sollte ich lieber fragen, für wen?«

Daniel blickte ihn nur finster an.

Timo lächelte. »Kommen Sie, ich weiß, dass ich nicht ganz unschuldig an der Sache bin. Was glauben Sie, wie mir diese beiden Frauen hier schon die Hölle deswegen heißgemacht haben.« Er wies auf Klarissa und seine Schwester. »Es tut mir leid; zukünftig werde ich mir ein Schild mit meinem Familienstammbaum um den Hals hängen. Aber ich fände es auch angebracht, wenn Sie bleiben und warten würden, bis Julia wieder hier ist.«

»Ich sagte doch ...«

»Sprechen sie mit ihr!«, fiel Klarissa Daniel energisch ins Wort.

»Das will sie doch gar nicht«, sagte Daniel resigniert. »Sie wollte es gestern nicht, und daran wird sich heute auch nichts geändert haben. Außerdem hat sie ja jetzt diesen Gregor, der ...«

Christine trat einen Schritt vor und legte ihm eine Hand auf den Arm. »Da wäre ich mir nicht so sicher, Daniel. Ich habe keine Ahnung, was gestern zwischen euch vorgefallen ist, aber ich weiß genau, dass sie sehr unglücklich ist.« Sie blickte über Daniels Schulter zur Straße. »Da kommt sie.«

Nick blieb immer wieder stehen, bis Julia mit dem Auto nah an ihn herangekommen war, doch sobald sie anhielt, um auszusteigen, rannte er mit einem auffordernden Bellen wieder los. Schließlich merkte sie jedoch, in welche Richtung er lief, und versuchte nicht mehr, ihn zu erreichen.

Der Schneefall, der für eine Weile nachgelassen hatte, setzte von neuem ein, und als sie in ihre Straße einbog, sah sie mit Schrecken zuerst Daniels Auto vor ihrem Haus stehen und dann den Schneepflug vom anderen Ende der Straße heranbrausen.

Sie trat heftig auf die Bremse und riss die Tür auf, um nach Nick zu rufen, der Daniel entdeckt hatte und mit wildem Freudengeheul vom Bürgersteig auf die Straße sprang.

»Nicht! Nick, bleib stehen!«, schrie sie entsetzt und schlug die Hände vors Gesicht, als sie das Quietschen der Bremsen des Schneepflugs hörte. Sofort ließ sie die Hände jedoch wieder sinken, als im selben Moment das Klingeln von Glöckchen erklang und irgendetwas wie ein heller Lichtstrahl zwischen Schneepflug und Hund fuhr.

Julia traute ihren Augen kaum, als sie in dem hellen Licht einen Schlitten und mehrere Rentiere zu erkennen meinte – und einen dicken Mann in rotem Mantel und mit weißem Rauschebart, der gebieterisch die Hand gehoben und damit den Schneepflug zum Stehen gebracht hatte.

Im nächsten Augenblick leuchtete das Licht wieder hell auf, und – einer Sternschnuppe gleich – schoss das Gespann unter Glöckchengeklingel wieder hinauf zum Himmel und war eine Sekunde später verschwunden.

23. Kapitel

»Hohoho!« Santa Claus lachte übermütig. »Das war knapp. Genau zum rechten Zeitpunkt. Welch ein Glück, dass wir gerade in der Nähe waren.« Er drehte sich zu Elf-Acht herum, der zuoberst auf dem Geschenkeberg saß und sich die kalte Nachtluft um die Nase wehen ließ. »Danke, dass du mir noch rechtzeitig Bescheid gegeben hast.«

»Aber klar doch.« Der kleine Elf lächelte. »Wir konnten schließlich nicht zulassen, dass Nick etwas passiert, nicht wahr?«

»Da hast du vollkommen recht.« Der Weihnachtsmann blickte zur Erde hinab, wo Nick gerade um Daniel herumsprang.

Santa Claus lächelte. »Aber jetzt werde ich mich nicht mehr einmischen.«

24. Kapitel

»Habt ihr das gesehen?«, rief Christine aufgeregt und lief zur Straße. Timo und Klarissa folgten ihr auf dem Fuße. »Was war das? Ein Blitz?«

Auch der Fahrer des Schneepflugs war ausgestiegen – ihm war der Schrecken sichtlich in die Glieder gefahren. Und durch das Quietschen der Bremsen waren auch Julias Eltern und der Rest der Familie aufmerksam geworden und kamen nun nach und nach aus dem Haus, um zu erfahren, was vorgefallen war.

Nick war unbeschadet bei Daniel angelangt und sprang

freudig an ihm hoch. Julia folgte dem Hund langsam und blieb dann vor Daniel stehen. »Das war knapp«, sagte sie, weil ihr nichts Besseres einfiel. Ihr Herz pochte immer noch heftig von dem Schreck. »Ich wollte Nick bei deinen Eltern abliefern, aber dort ist er uns wieder ausgerissen und geradewegs hierher zurückgelaufen.«

»Er mag dich.« Daniel ging ein paar Schritte in Richtung seines Autos, blieb dann jedoch stehen und drehte sich wieder zu Julia um. »Du hattest recht.«

Julia sah ihn erstaunt an. »Womit?«

»Dich nicht mit jemandem einzulassen, der so beziehungsgeschädigt ist wie ich.« Er nahm Nick am Halsband. »Komm, mein Freund, wir fahren nach Hause.«

Julia sah zu, wie er seinen Autoschlüssel aus der Manteltasche zog und den Wagen aufschloss, und ihr Herz zog sich schmerzhaft zusammen.

»Warte!« Sie lief zu ihm und hielt ihn am Arm fest, um zu verhindern, dass er ins Auto einstieg. »Fahr nicht weg. Ich ... Es tut mir leid, das alles so gekommen ist. Ich bin nicht ... ich meine, ich habe nicht ... Ich treffe mich nicht mehr mit Gregor. Ich wollte das von Anfang an nicht. Es war nur – ich dachte, du hättest mich belogen, und als ich dich dann noch in diesem Club sah ...«

»Mit Anette.« Daniel schloss für einen kurzen Moment die Augen und verzog schmerzlich das Gesicht. »Da war nichts, Julia.«

»Ich weiß. Irina hat es mir erzählt.«

»Irina? Wieso ...« Daniel fuhr sich durch die Haare. »Ich bin so ein Idiot.«

»Ja, das bist du.« Julia blickte ihn ernst an. Überrascht

merkte er auf. »Aber ich habe mich, glaube ich, nicht weniger dumm verhalten. Ich hätte dir vertrauen sollen.«

»Du wolltest die Sache doch aufklären. Meine Schwester sagte, du seiest im Hotel gewesen.«

»Das war ich auch«, bestätigte Julia. »Und von dort aus bin ich zu deiner Wohnung gefahren. Und dort erfuhr ich dann von Frau Kunz, dass eine sexy südländische Schönheit Nick abgeholt hätte.« Sie seufzte. »Ich dachte, du hättest dich kurzerhand mit Bibi getröstet.«

»Liebe Zeit.« Daniel schüttelte den Kopf und streckte die Hand nach ihr aus, berührte sie jedoch nicht. »Was für ein Schlamassel.«

»Meine Güte, nun küss sie schon endlich!«, rief Christine aufgebracht dazwischen. Daniel und Julia fuhren erschrocken zu ihr herum.

»Chrissi!« Timo stieß sie unsanft an. »Sei still!«

Nicht nur Julias Geschwister, sondern ihre gesamte Familie und sogar der Schneepflugfahrer standen in einigen Metern Entfernung um sie herum und hatten offenbar gelauscht. Da Julia und Daniel sie nun bemerkt hatten, taten plötzlich alle so, als seien sie in irgendwelche wichtigen Gespräche vertieft. Die Worte »Abendessen« und »Tisch decken« schwirrten umher, und betont geschäftig verzogen sich Julias Verwandte zurück ins Haus.

Julia lächelte schief. »Sie werden uns ganz sicher gleich vom Fenster aus beobachten.«

Daniel nickte und erwiderte ihr Lächeln. »Mischpoke. Meine ist aber noch schlimmer.«

»Ich glaube nicht, dass das noch möglich ist.«

Sanft legte Daniel Julia die Hände auf die Schultern und

zog sie zu sich heran. »Sie würden gut zusammenpassen.« Forschend blickte er ihr in die Augen, bevor er ihre Lippen mit einem zärtlichen Kuss verschloss.

»Na endlich!«, kam Christines Stimme vom Haus her. »Schon gut, ich komme ja schon rein.«

Julia lachte leise und legte Daniel ihre Arme um den Hals. »Glaubst du, es geht gut, zwei verrückte Familien miteinander zu verkuppeln?«

»Hast du noch mehr Brüder, die unangemeldet nackt an deiner Tür auftauchen könnten?«

»Nein.«

Daniel lächelte. »Dann bin ich sicher, dass es gutgehen wird.«

Wieder trafen sich ihre Lippen, und dieser Kuss währte so lange, bis Nick sich energisch zwischen sie drängte und winselnd und schwanzwedelnd ebenfalls seine Streicheleinheiten einforderte.